憶曲心聲

張郅忻

目錄

輯二／傷逝

輯三／流浪

輯四／癮頭

輯五／細妹

輯六／憶情

集序

找回生命的那首歌

（依姓氏筆畫排列）

《憶曲心聲》書寫周遭日常生活和音樂歌曲的共鳴，平實悠然，極易賞讀下，發覺原來生活也可以過得那麼美好。

——吳武璋

聽歌的人要讀這本書，你將找回生命的那首歌；不聽歌的人更要讀這本書，你將發現生命的那首歌。沒有一首歌是孤單的，沒有一首歌是會退流行的，讀《憶曲心聲》，無論是卡帶、CD或是mp3世代，都會有衝動想回到最初，聆聽錯過的曲調，重溫個人排行榜。文字是按鍵，你是play。

——吳億偉

一曲歌，四分鐘的音軌，包容往日心緒的恆久重播。鄧忻的《憶曲心聲》回到耳邊哼唱的歌，輪唱中，迴繞有阿公阿婆童謠的客家小鎮，浮現浪子父親吉他駐唱的西餐廳，如《海市》的鏗鏘母親和西門町，孩子的安古，與孩子的我。像一份抄錄給摯愛之人的歌單，一卷給你我的愛的精選輯。

——李時雍

歌曲裡不只埋藏著情感，還有特定時空下的故事與祕密。鄧忻從記憶的抽屜裡，取出千姿百態的聲音，摩挲其肌理，還原其脈絡，織成迷人的篇章。這些散文以憶事懷人為主，抒情性很強，筆調則從容而清雅。再加上她自然而然地把多族群的家庭故事交織進來，敘述性也很強，極具閱讀趣味。既有可親可愛的個人瑣記，也有足以同情共感的時代注腳。人情滋味，小品情韻，詞曲之美，都在這裡了。

——唐捐

歌通常是微小，但韌性綿長的心意。有人在記憶受損的狀況，對歌曲還能有反應。唱歌真是又普通又神祕。與其說《憶曲心聲》環繞歌曲，毋寧說捕捉了各種「唱歌情境」。讀這本書的大趣味，不只因為作者分享了曲折心事，還因為鄧忻有一種類似人類學家採集事物與攝影師創造形象的敏銳與眼光獨到。歌每被唱一次，就被記憶一次，也被改編一次，這個道理我們知道，但少有人如此認真地，將這類現象，記錄下來。它讓我深受感動也呼喚出眾多思路：本書已是我的愛歌了。

——張亦絢

張郅忻用她的絕對音準與成住壞空共振，從純粹的寫作初心裡，湧升最晶瑩悠然的音符，光是清唱就足以洗滌人心。而郅忻的人格魅力，已成為文字魅力的一部分，她的美好並非不經塵埃，反倒是歷劫歸來之後仍舊選擇對世界良善以待，其中有大徹悟與大智慧，人品與作品都如此難得！

——張馨潔

閱讀郅忻的作品，每每深受字句間遺落的淺淺憂傷觸動，例如其年少成長的客家小鎮之惆悵紋理、與阿公阿婆間的親密牽絆與相惜不捨，與母親的距離拉扯及幽微心緒、與孩子相知相伴的深厚祝福與愛。而當述及父親時，那份愛恨揉雜無處安放的深情，也讓我多次記憶疊映，念想起自己那心懷大夢含鬱病終的父親。

「這個和孩子共存的小房間，彷彿是宇宙裡眾多星球中的一顆行星，與其他人所在的星球，既相連又遙遠。」這本書又像另一個星球，與每個相似心境的靈魂遙遠相連，在淡薄憂傷中仍輻射些許溫暖，提供幾絲微光與慰藉，於此短暫交會後，各自繼續航行。

——黃瑋傑

透過《憶曲心聲》，張郅忻非常大方地邀請我們進入她回憶裡的家庭生活。再普通不過的日常中可以感受到濃濃的親情，也因為普遍的日常，特別地引起共鳴，邊讀著便默默地被引入濃厚的情緒裡。我喜歡閱讀每一篇時搭配那一篇所介紹的歌曲。這樣的曲搭配文字的混合非常有魔力，讓作者所描繪的回憶世界，即使是在休息的空檔，仍不時地在我的腦海裡回旋，忍不住回味起書中的畫面。

——榮忠豪

從我熟悉的獨立音樂到陌生的客家兒歌，郅忻以充滿空氣感的低傳真版本重新詮釋，一段段淡然的回憶背後，是流離、充滿不安的成長故事。郅忻寫得收斂，讓這本書少有比真誠更強烈的情緒流露，我閱讀時就像在熟悉的臥房裡，聽友人說著他這些年的遭遇，並希望他也感覺到，我們正安全地享受窗外透進來的陽光。

——熊一蘋

郅忻的文字總給我溫厚的感覺。她的作品，時常可見對至親表露的細密情意。來自阿公阿婆的習養濡染、自幼至今父母與自身的命運牽絆、生產育兒後為人母的思索與愛……。以歌為聲，她將生命長河的血脈相遇，寄託比附，歌詞裡有跌宕起伏的人生際遇，歌曲中有幽婉、有傷逝，更多的是傳遞不息的愛。

——賴鈺婷

喜歡一首歌或愛一個人，看起來是很個人的事，郅忻像一個具有魔法的女孩，以她特有的細緻和敏感，讓一首一首交織著親情、生命記憶和時代印記的歌，密密地織合人生的孤獨寂寞、歡愛情緣，邊織邊唱，歌聲陪伴人們穿越過去，歌聲也讓我們更無懼地走向未來。

天在河上
歌在山上　情在心上人　睡了
唱吧　唱吧
不停的唱吧
唱吧　唱吧

叫星星都成了水

——羅思容

輯一　疫情

夜空中最亮的星

疫情嚴峻，蝸居在家，與外面的世界似乎越來越遠。在小房間裡，陪安古上視訊課、寫作業，在老師規定的時間內繳交。孩子午睡時，我開著檯燈，在床邊敲打預定的寫作計畫。一個字一個字像星星一樣，在電腦螢幕上顯現，點亮昏暗的房間。這個和孩子共存的小房間，彷彿是宇宙裡眾多星球中的一顆行星，與其他人所在的星球，既相連又遙遠。

「夜空中最亮的星，能否聽清？那仰望的人，心底的孤獨和嘆息。」這段時間最常播放的是逃跑計畫所唱的〈夜空中最亮的星〉，歌中在黑暗摸索方向的迷惘，緊緊抓住一絲希望的，唱出我對整體大環境方向未明的慌張、失落與嘆息。每天下午兩點，最新疫情資訊以各種形式來到眼前。不斷攀升的死亡人數，令人不捨，卻又莫可奈何。第三級警戒並未如預期在兩週結束，反而一再延後。該與親人相聚的端午，只能在視訊中向阿婆問好。阿婆不解，不到一小時車程，為何不回家？我只能反覆解釋，這個病毒十分可怕。「我沒有辦法回家。」我說。端午，也是爸爸的忌日。以客家人的習俗，本應在這天正式將骨灰移入祖塔，但一切都只能延後。天上地下，所有的事都被疫情擾亂、停擺。

「夜空中最亮的星，能否記起？曾與我同行，消失在風裡的身影。」雖然安古沒有說，但我知道他也想念一起讀書、玩耍的同學們。那些好不容易收集到，想和同學交換的寶可夢卡牌，只能收在書包裡，靜靜等待開學。過去的日子，在不斷延長的警戒裡，越來越模糊。

少數看見外界的時刻，是在陽台洗晒衣服時。遠處的高樓與更遠處的高樓各占一方，餘留下不規則形狀的水藍天空，日光正好，但不能出門。安古在一張紙上寫了一段文字：「風和日麗的上午，我還在睡覺，媽媽最先醒來，媽媽準備去吃早餐。爸爸去上班了，天氣很好，我好想出去玩，然後我溜我的滑板車，我就出去玩了。」滑板車放在後車廂，公園封鎖了，不管多想，都只能在家。媽媽的錶店在西門町，因為疫情損失慘重。妹妹在美髮店工作，儘管有營業，但幾乎沒有什麼客人。分處不同縣市的我們，只能以網路關心彼此，再各自面對眼前的現實。疫苗尚未普及施打的此刻，與他人保持距離，是保護彼此、不增加醫療負擔的唯一方式。

「我祈禱擁有一顆透明的心靈，和會流淚的眼睛，給我再去相信的勇氣，越過謊言去擁抱你。」我關掉手機上的新聞，陪伴渴望在陽光下跑跳的孩子。他組好樂高飛機，在如夜空般灰藍色床單上飛翔。夜空中最亮的星，是孩子的眼睛。沒有政治攻防、欺騙算計，最澄澈的星光。引領迷失在黑夜裡的我，要繼續努力生活，相信自由的日子，終會回來。

鏗鏘玫瑰

趁著假日，我帶孩子到萬年大樓找媽媽。這是我見過最蕭條的萬年。一樓好幾間鐵門拉下，用紅紙貼著招租二字，行人三三兩兩，與從前擁擠不堪的景象截然不同。從前留著長直髮的媽媽，剪成方便整理的齊肩短髮，坐在店裡最內側的椅子上，專注看著平板電腦。

媽媽見有人靠近，轉頭一看是我，露出驚喜的表情。一問之下，原來她在追劇。反正沒什麼客人，媽媽說，追劇打發時間。五月疫情爆發以來，萬華區百業蕭條，我以為撐過數次危機的媽媽，這次會撐不下去。然而，媽媽卻找到自己的方式面對疫情。就算在追劇，媽媽依然豎起雷達，偵測門口的客人。只要有人靠近櫥窗，媽媽會立刻起身招呼，用爽快語氣說著熟悉的那句：「慢慢挑，喜歡可以拿給你看。」

從媽媽垂下的眼角，我明白，總被稱讚不會老的她，終是敵不住歲月的重量。但即使老了，她仍直挺挺站在店裡。那自帶氣勢的姿態，讓我想起林憶蓮唱的〈鏗鏘玫瑰〉，媽媽就如一朵瀟灑而倔強的玫瑰。

「那女孩早熟像一朵玫瑰，她從不依賴誰。」成長在重男輕女的客家庄，身為長女的媽媽從小被教育要照顧弟弟妹妹。離婚後的她，幸運的在西門町頂下一間錶店。那是台灣經濟最繁榮的時期，讓她初嘗台灣錢淹腳目的滋味。她未獨善其身，而是盡可能在物質上幫助剛畢業的弟弟妹妹，帶他們一起北上謀生。我見過媽媽最好的時候，也看過只知付出的她在自己最需要幫助時，卻落得意冷心灰。同為長女的我害怕步上媽媽的後塵。說實話，我也無力做到媽媽的程度。最好的時代過去了，現在賺的錢永遠趕不上通膨的物價。

「一早就體會，愛的弔詭和尖銳，她承認後悔，絕口不提傷悲。」林憶蓮以嫵媚嗓音瀟灑唱著。不提不代表不悲傷。再婚後的媽媽，經歷丈夫感情與金錢的背叛，卻未曾在人前示弱。我是無意間在媽媽的房裡，發現一張她親手寫給對方的信，才略知一二。潦草字跡承載她沉重的心事，我偷看幾行便放回原處。我無力負載她的痛苦。

「她習慣睜著雙眼和黑夜，倔強無言相對，只是想知道內心和夜，哪個黑？」從那時開始，不管白天多忙多累，獨自被黑夜包圍的媽媽難以入睡。非得吃醫生開的藥，配上濃烈的酒，才能輾轉睡去。像曠野的玫瑰，忍受風吹日晒，「用脆弱的花蕊，想迎接那旱季的雨水」。

然而，雨水真的會來嗎？

「我現在就等疫情好一點，外國客可以進來，我就沒問題了。」媽媽堅定告訴我那不知何時才能等到的未來。一年前的我或許會勸媽媽，收掉這間店吧，不需要勉強撐著。現在的我卻不這麼想，只要錶店還在，不管發生什麼事，我都能在這裡找到她。這間錶店不僅安頓媽媽的心，也安撫了我的心。

「像曠野的玫瑰，用驕傲的花蕊，想擺脫那四季的支配……」林憶蓮在灑脫高唱後低吟：「那感覺久久不退，像一場宿醉，到黎明不退。想一想也對，她說，誰怕誰。」高樓之中，四季變換沒有太多意義。驕傲如媽媽，依然挺立在她的寶座中，俯瞰荒謬人間。困難一直來，她抬起美麗的瓜子臉，挑起垂下的眼眉，輕聲說：「誰怕誰！」

印第安小屋

去年中，升大班的安古開始上鋼琴課。其實早在中班時，他就曾上過 YAMAHA 的團體班，和其他三個年齡相仿的幼稚園孩子，坐在鋼琴前，跟著老師隨節奏唱歌、彈琴。為了讓他在家可以複習，因此買一架電子琴。不過，才上完一期，安古就哭喊不想彈，想等大班再學。

我也一直猶豫該不該讓他學琴？畢竟學琴不是容易的事，需要反覆練習，還有回家功課。小時候的印象裡，只有家境好的同學才能學鋼琴。像兒時好友T，不但功課好，還彈一手好鋼琴。不像我，最怕上音樂課，看到五線譜就發暈。我不是期盼安古成為鋼琴家，只是希望他學會一種樂器，未來遇上悲傷或快樂的事，可以透過音樂抒發。懷著這點念想，我再次幫安古報名鋼琴課。

第一次上課，我坐在琴房外等安古。我聽見老師按著琴鍵，一遍又一遍教安古彈奏簡單的音符。高音譜記號、低音譜記號和五線譜的位置，那些曾令我感到頭痛的符號，我也學著重新認識它們。原來，它們沒有想像中可怕。

這次鋼琴課比之前順利，一對一教學，鋼琴老師留著一頭黑長直髮，永遠穿著一襲洋裝。即使再寒冷的冬天，她也只是在洋裝外披上短版外套，搭配一雙長靴。每次上完課，老師會簡單交代安古上課的狀況，接著迎接下一個學生進入琴房。

安古的鋼琴包裡除了課本外，還有一本聯絡簿。老師會在上面標注這次教的內容，而我得負責記錄安古在家練習的情況。要安古複習鋼琴，真是一件困難的事。三催四請不成，我常因此動怒。我發現，當他把彈琴當成「做作業」時，就會顯得意興闌珊。但若換一個說法，比如：「你上次彈的那首好好聽，可以教媽媽彈嗎？」他立刻自信滿滿，變身小小鋼琴老師，指導我如何彈奏。為了陪他練習，我從幾個節奏，慢慢的可以彈完一首簡單的曲子。

學了半年，老師有天說要讓安古參加史坦巴哈鋼琴檢定，並且安排自選曲〈印第安小屋〉。雖然只是一首短短的曲子，但對剛學習雙手彈奏的安古來說並不容易。起初練習時，他必須看著譜，邊彈邊把唱名念出來：「So停So停　Do停Do停……」他跟著節奏搖頭晃腦，小小手指在琴鍵上來回，像數隻小鳥在枝頭上靈活跳躍。

但琴鍵對他的手而言確實太大了，他常彈錯音感到挫折，說：「這首好難，要用到好多手！」他的意思是同時要動用好多根手指頭，而我只能從旁鼓勵他，或跟他一起練習。當他彈得越來越穩定，老師開始要求節奏的穩定度和輕重。在琴房外的我，聽見他一遍又一遍的練習，以達到老師的要求。每次他從琴房走出來，我會上前抱他，告訴他：「你彈得好好！」我們一起在挫折與進步之間緩慢前行。

終於來到檢定的日子。疫情因素，家長和孩子都掛上口罩，待在狹小的休息室，等待考場人員唱名。一聽見自己的名字，安古主動向前繳交准考證，再跟著考場人員走進考場。我看見他坐進等候區，考場的門關上。我回到休息區，和其他家長一起專注望著電視機轉錄的畫面。一個個考生輪流上前，有的人十分鎮定，也有的人眼神不停瞄向評審，顯得十分緊張。

終於，我看見每天擁著入睡的熟悉身影，坐在鋼琴前。我拿出手機打開相機功能，卻因緊張不停顫抖。他找到琴鍵位置，彈奏第一個音，用老師要求的平穩速度，彈出熟悉的旋律。那過程既漫長又短暫。一結束，我跑到考場外，只見小小的他在走廊喊媽媽。「你彈得真好。」我說。他開心的笑，問：「我們可以去買玩具了嗎？」

那是我們的約定，考完檢定要帶他去買玩具。我忍不住笑出聲來，原來這就是他不緊張的原因。

交通警察

因應疫情，安古的鋼琴老師安排一場視訊課程。平時採一對一教學的鋼琴課，在線上課程中，改為所有學生一同上線，輪流彈奏老師安排的曲目。第一個彈奏的小女生，年紀跟安古差不多大，似乎有點害羞，彈到一半，發現自己彈錯，停了下來。在老師一再鼓勵下，再彈一次。到了第三遍，終於順利彈完。

輪到安古。老師問：「昨天有沒有認真練習？」安古皮皮的笑了笑，搖搖頭。老師無可奈何的說：「好吧，那你彈一遍。」安古坐在電子琴前，速度平緩但還算流暢的彈完老師指定的曲目。我聽得出來，老師特意選了一首相對容易的曲子給安古。彈完後，老師鼓勵的說：「彈得不錯，要對自己有信心，知道嗎？」

事實上，安古正面臨學習鋼琴的瓶頸。老師要安古以〈小木偶〉一曲參加八月下旬的鋼琴比賽。這首曲子比從前練習的長度都長，還需加上從前沒學過的轉指、輪指技巧。遇上困難總是先選擇逃避的安古，既不想練習，也不願上課。

薩依德的妻子瑪麗安在為《音樂的極境》作序時，提及薩依德在《鄉關何處》如此描述對音樂的感受：「一方面，音樂是令我非常不滿意又無聊的鋼琴練習……另一方面，音樂對我是一個極為豐富，由輝煌的聲音與物象隨機組織而成的世界。」唯有透過無聊的反覆練習，習得技法，才能一步步踏進那輝煌的音樂世界，領略音樂的豐富性。瑪麗安在序的末段，敘述薩依德在辭世前三個月，打電話給他當長老會牧師的表兄弟，請教「時候將到，現在就是了」語出《聖經》何處。問題獲得解答後，薩依德放下電話，望著妻子，擔心她不曉得該在他喪禮上播放什麼音樂。面對死亡，薩依德的反應竟如此從容，彷彿面對的不是自己的喪禮，而是人生最後一場音樂會。他將以音樂為人生總結，向世界告別。這是音樂帶給他的力量嗎？

我闔上書，望著不願意練習的安古。該如何陪伴他度過「不滿意又無聊」的鋼琴練習，是我眼前的課題。小時候也曾想學鋼琴，但家裡並沒有能力負擔。有一次，我在下課時間趴在課桌上，用手指在木製桌子上輕輕敲打。一個女同學突然跑到我面前說：「鋼琴不是這樣彈的，要像這樣。」她將手指立起，與桌面形成垂直的角度，在我面前彈奏，敲擊桌面發出咚咚咚的聲音。我既羞愧又羡慕的看著她，想著：如果可以學鋼琴就好了。

「你可以教我彈嗎？」我問正在賭氣的安古。面對琴譜，我笨拙的手指在琴鍵上如初學走路的孩子。「不是這樣啦，老師說，要像握蘋果。」安古弓起手指，如手握雞蛋，一、二，一、二，安古又變長一些的手指，在琴鍵上彈奏四分音符，一個四分音符為一拍，每小節二拍。琴譜最上方以小字寫著：「尋覓旋律型態，把你的小曲一句一句的思考。」在安古的「指導」下，我的右手彈奏高音譜記號，左手彈奏低音譜記號，兩手如對鏡般反覆、交替，像警察指揮交通的手勢，跟隨節奏輕快擺動。

「不是這樣的，是這樣。」安古再次示範。當他教我時，對自己顯得更加有自信，也不再排斥練習更難一些的曲子。一、二，一、二，我以期待的心情，跟隨安古的腳步，反覆練習，一步步前往那豐富而輝煌的音樂世界。

少年

疫情緩和，總算能告別蝸居在家的生活。不能出門時，時間緩慢得像壞掉的秒針，想往前，卻始終停留在某一格。正值好動年紀的安古，不得不在狹小空間裡活動。看書、畫畫、玩玩具，全做過一輪，他就跑來我身邊，耍賴似的喊：「媽媽，我好無聊！」通常他說這句話，不為別的，就是貪圖桌上的平板電腦。

無計可施時，平板確實是我的終極武器。明知道看平板傷眼，卻能讓我獲得片刻平靜。我繳械投降獻上寶物，換來短暫的和平。安古開心又熟練的按下密碼，徜徉在另一個世界。那世界比起所處的現實，也許真的自由多了。安古熟練背誦影片廣告台詞，還跟著哼唱：「我還是從前那個少年，沒有一絲絲改變……」少年？我看著安古，思索這個詞與他之間的關聯。

看似停滯，其實不斷前進的日子，安古確實抽高不少。吃得多、動得少，肋骨微露的纖瘦體型竟冒出圓鼓鼓的肚子。升上二年級的他，從外貌看來，越來越像一個「少年」。不久前，他會在睡前撒嬌：「媽媽，抱抱睡！」後來嫌抱抱很熱，要我輕摸背就好。又過一段時間，翻身就秒睡，連拍拍安撫都不需要。他正在長大，比想像中更快的速度。

說實話，我很失落。我習慣他依賴我，卻發現是我依賴著他。

除了悵然若失，還有一點不捨，正如〈少年〉唱的：「成長的路上必然經歷很多風雨，相信自己終有屬於你的盛舉，別因為磨難，停住你的腳步……」大一的教育概論課，老師提及剛讀幼稚園的孩子，正在經歷「growing pain」。一直到自己擁有孩子，陪伴他長大，才真正體會這個詞的意思。正值換牙期的安古，乳牙從鬆動到忍痛拔去，往往得經歷好幾個星期。吃東西會痛，不小心碰到會痛，拔牙瞬間更是痛。但這是會過去的痛，缺口很快能長出堅固新牙。

有的痛恰好相反，看似結痂，卻永遠無法痊癒。

歌手夢然以正向、激昂的歌聲，召喚光明爽朗的少年：「我還是從前那個少年，沒有一絲絲改變，時間只不過是考驗，種在心中信念絲毫未減。眼前這個少年，還是最初那張臉，面前再多艱險不退卻，Say never never give up……」回首少年時代，一段晦暗多於燦爛的歲月。那時台灣號稱亞洲四小龍之首，父親卻因為人作保入獄。叔叔們扛下債務，承擔照顧我們三姊妹的重責。家中經濟拮据，氣氛宛如戰場。那種忐忑，至今仍在我內心深處不安跳動著。

彼時亦是升學主義掛帥的年代，鄉下國中為了與城市學校一較高下，搶進明星高中，表面實行常態編班，背地依成績進行能力編班。被歸類於「好班」的我，每天在奇怪制度下跑班。一條無形界線把我們劃分成兩個世界。我曾在常態班課桌上發現翻倒的飲料，在座位上找到故意被置放的圖釘。我沒有告訴老師，默默收拾殘局。憂愁煩悶時，我就躲進文字中，藉由閱讀逃脫現實，或是透過書寫抒發憤懣。文字點亮的微微燭火，陪伴一個慘綠少年走過幽暗時刻。

如願考上理想高中的我，輾轉得知當年被劃為壞學生的同學，國中畢業便進入工地工作，幫忙貼補家用。早已斷了聯繫的我們，都曾是坐在同間教室的少年。那些分類你我的界線是否仍然存在？成為少年的安古又會變成什麼模樣？接安古放學時，我緊牽他的手，在車水馬龍中前行。面對渾沌的未來，我只想珍惜當下，陪伴他尋覓衷心所愛的興趣，在他成為一個少年之前。

旅行的意義

疫情肆虐的二〇二〇年，出國旅行成為一種奢侈。臉書不時跳出過往出國旅遊的照片：前年在日本大阪今昔館體驗浴衣；三年前為了寫小說《織》，造訪胡志民市的紡織廠；四年前，飛到紐約，搭船看了自由女神像。那些旅途中打卡的照片，形成過去世界的結界，一個被病毒隔開的世界。在不能自由出國的此刻，予人一些安慰。

過去，我至少一年會安排一次出國旅行。總覺得一定要搭上飛機、離開台灣，才算真正的旅行。一如陳綺貞在〈旅行的意義〉所唱：「你迷失在地圖上每一道短暫的光陰。」心甘情願奉上每月省下來的錢，只為在陌生的風景裡迷途。在偌大地圖上，標註自己去過的地方，以及想去的地方。

「你累計了許多飛行，你用心挑選紀念品，你蒐集了地圖上每一次的風和日麗。」航空公司寄來累積里程數，讓旅行彷彿闖關遊戲，可以不停累點再攻下一關。

我去過最久的旅行，是讀碩士班前夕，跟著大學好友的德國南方行。前後二十天背包客行程，用盡過去一年在出版社工作的積蓄。由於帶在身上的錢不多，必須節儉花用。南德很大，受限天數，我們不停趕路，希望可以多造訪一個景點。

不管多累，每天睡前，我都會在印有觀光風景的明信片上，認真寫下一字一句，寄回台灣給朋友。也在途中商店逗留，為親人挑選伴手禮。其中最難選的是送給阿公的禮物，我不知道平日節省度日的他，需要或想要什麼？後來，在一間專門販賣刀子的店，看見一把多功能小刀，刀柄印有巴伐利亞州徽，藍白相間菱形格紋顯眼又美觀。讓我聯想到，常上山採草藥的阿公，身邊習慣帶著一把紅色小刀，以備不時之需。因此，儘管小刀價格超出預算，我還是決定買下它。

南德旅行的照片存放在無名小站相簿裡，隨著無名小站關閉，更換過幾台電腦，照片就這麼丟失了。曾經寄過明信片的對象，多年後，有的已不再聯絡。買給自己的紀念禮物，早已不知去向。而送給阿公的藍白小刀，被他小心珍藏，放在飛行外套的口袋，跟在他身邊，直到他去了另一個世界。

旅行的印記隨著時間漸漸丟失，最終餘下什麼？

陳綺貞以清甜嗓音質問熱衷旅行的情人，關於旅行的意義：「你擁抱熱情的島嶼，你埋葬記憶的土耳其，你留戀電影裡美麗的不真實的場景……卻說不出在什麼場合我曾讓你分心，說不出旅行的意義。」並在歌末給出答案：「你離開我，就是旅行的意義。」我承認，除了體驗未知世界，得以短暫關掉手機，離開原有網絡，也是我熱愛旅行的原因。

沉浸在過往旅行的我，不禁問自己，如果有時光機，可以回去一次過去的旅行，再次體驗旅行的美好，會選擇哪一次呢？

令我驚訝的是，腦海裡浮現的不是出國旅行，而是小時候的假日早晨，天剛剛亮，我被阿公阿婆叫醒，從家裡出發，沒有任何目的地，在鄉間小路上漫步。有時發現路邊野生土芭樂樹，阿公拿起隨身小刀割下幾顆，用衣袖擦了擦，讓我們邊走邊吃。幸運一點，遇上踩著三輪車叫賣的豆花阿公。清晨人稀，豆花阿公大剌剌把攤車停在路中央，擺放凳子，一人一碗熱騰騰豆花。早上四、五點出發，走到約莫六點後折返，最遠不過到隔壁新豐鄉。跟著阿公阿婆，繞著家打轉的短暫出走，是我最懷念的旅行。

遙遠記憶提醒了我，疫情趨緩前，也許無法去遠方，但可以帶著孩子在附近散步，或趁假日至鄰鎮走走。旅行的意義，不在於離得有多遠，風景有多壯觀多獨特，而是有所愛的人相伴，自由自在漫步大街小巷，留下共有的回憶。

祭祖頌

農曆二月初二是家族祭祀的日子，客家人稱之為「掛紙」。我們不是去供奉祖先牌位的公廳，而是安放祖先骨灰的祖塔。祖塔的形狀如半月形山丘，不同於一般靈骨塔或墓地，裡頭全是有親緣關係的家族長輩，特別有種探視親人的熟悉感。

本來，出嫁的女兒是不被允許回來祭祀，因此，我有很長時間未曾到祖塔祭拜。妹妹和我之所以再來，是因為過世未滿一年的爸爸膝下沒有兒子。阿婆說：「女兒不來拜，誰來拜？」上次來時，還是跟著阿公和爸爸一起來。他們如今都在裡頭。

鄉間小路停滿車輛，以祖塔為中心向四周發散。祖塔前搭上大塑膠棚，棚裡棚外都是人。中間放置臨時搭建的長木桌，桌上擺滿牲禮。碩大的閹雞、肥滿的三層豬、新鮮水果，還有紅粄、艾粄和發糕等各式客家糕點。往年阿婆都是親手做，現在年歲已大體力不如從前，我們也沒傳承她的好手藝，只好上市場買現成的。

我到達時，祭祀已開始。擔任主祭的家族長輩已站在棚子正中央，手握麥克風嘴裡念念有詞。我趕緊在棚外找個角落，雙手合十融入人群中。小小的廣場上站了兩三百人，卻沒有人開口說話，安靜的聆聽麥克風傳來的祝禱聲。長輩以海陸腔客語吟誦，聲音宏亮，兩字為一詞，音調相連，每句四到六字，每句結束時尾音上揚，稍作停頓便接著下一句。我依稀記得阿公說過，頌詞是從大陸來台一世祖開始逐一「邀請」，再複述祖訓，提醒子孫重視家族和氣，叮嚀勤儉治家、慎終追遠。

然而，從小到大，我從沒認真聽長輩口裡念的是什麼，頂著大太陽的我只希望長輩趕快念完，好進入下一個儀式——跌聖筊。若是一正一反的聖筊，代表祖先滿意，三拜後就能請祖先享用。若不是聖筊，得再念一遍祝禱詞，一切重新來過。

「拜請列位祖公祖婆，領受千金聖筊，開壺酌酒，拜！」終於來到頌詞最後段落，我跟著族人雙手合十鞠躬祭拜。匡啷一聲，「是聖筊！」人群傳來歡呼聲，大家都鬆了口氣。

早來的大妹在人群中找到我，帶我穿過人牆，找到坐在棚子另一端的阿婆和阿姨。阿婆和叔婆站在供桌旁，正在評論哪家的雞夠大，哪家準備得不夠豐盛。大妹打開手機照片，指著一張供品照，賊賊笑說：「姊，妳看，這隻雞旁邊都燒焦了。」只見烤雞有的地方是褐色，有的地方卻呈現焦黑色，我忍不住大笑說：「祖先一定覺得供品怎麼一年比一年難吃？」

棚子左側擺放客家粢粑，巴掌大雪白色粢粑，一團團平躺在鋪滿花生粉的鋁盤上，一副Q彈可口的迷人模樣。無論婚喪喜慶，重要日子總少不了它。人們圍聚在長型桌子前，邊吃粢粑邊聊天。由於疫情當前，我一度猶豫是否該湊前吃？但從小愛吃粢粑的我，還是受不了甜膩香氣的誘惑，上前夾了一大團，放進免洗碗裡獨自享用。

族人們如團圓般，或站或坐在四周閒話家常，等候祖先享用供品的時光。阿姨、大妹和我走進祖塔右側，過世未滿一年的族人骨灰會先安放在此，等到對年後舉行完合火的儀式，才能正式入塔。即使陽光普照，塔內卻十分陰暗，需拿手電筒才能行走。我們爬上木梯，看見爸爸的骨灰罈擺在幾十個骨灰罈中。我們拿衛生紙輕輕拂去罈上積累的灰塵，遺照上的他臉頰豐滿，不若最後離去時瘦弱不堪。

過去，爸爸常代表家族參與祭祀活動，表情有身為長子長孫的神氣。看著爸爸遺照上嘴角揚起的笑容，我想，在這裡的他一定覺得很安心吧。只是，我也想起早爸爸幾個月過世的大姑姑。她結過婚，祖訓言明出嫁女兒不能入祖塔。因此，離婚的她早早為自己買好面海的塔位。我問族長：「出嫁又離婚的女人最後不能『回來』嗎？」族長笑著說：「這是祖先定下的規矩，就等你們這一輩來改變了。」事實上，十多年前張氏宗祠允許未嫁女入塔，引起其他宗祠仿效，還登上報紙。雖然能入塔，但這些未嫁女的骨灰罈仍是放在祖塔的左側，由名為「玉潤」的門進入，與其他親族有別。身為女人，我能在這些祭祀禮儀中感受到許多不平等，但也衷心期盼在不遠的未來，無論是否出嫁，女性能在應盡的祭祀義務外，也有「回家」的選擇權。

輯二　傷逝

鐵之貝克

每次我在聽歌時，安古就會湊過來，半撒嬌半撒野任性的喊：「媽媽，我要聽〈鐵之貝克〉！」〈鐵之貝克〉的MV是動畫，他最喜歡一邊看MV一邊聽歌，擺動雙手大聲跟著唱：「請再等我久一點，你卻遺憾的說抱歉……」安古大約三歲多時第一次聽到這首歌，就無可救藥喜歡上了。有很長一段時間，睡前必定要聽一遍，站在彈簧床上邊唱邊跳。

我第一次聽 Tizzy Bac 還是大學時，同學從電腦另一端傳送一首以電子琴為主要伴奏的歌給我。我戴著耳機，聽見輕快電子琴聲在耳畔跳動。那時 Tizzy Bac 仍是 Tizzy Bac，沒有中文團名。「Tizzy Bac」是英文與法文的組合，Tizzy 為英文中「神經緊張、極度興奮不安的心情」之意，由貝斯手哲毓翻字典而得。而 Bac 則為主唱惠婷所取，她大學主修法文，刻意選用法文單字為團名，本想用「bec」（鳥嘴），卻因疏忽拼錯字，變成「bac」（高中會考）。團員們發現後也不在意，還戲稱團名是「神經緊張的高中會考」。二〇〇九年適逢成團十週年，他們將網友取的譯名「鐵之貝克」作為正式的中文團名，並製作同名歌曲，收錄在《如果看見地獄，我就不怕魔鬼》專輯之中。

雖然家中有這張專輯，但因為安古喜歡看MV，所以一直都是用手機播放。那時，我們還住在南方的家，隔天要上班的我總是會催促他：「聽一遍就要睡覺了喔。」但他老是橫躺在床上耍賴：「再一遍就好了！」每聽一遍，他的精神就越發亢奮。他把自己想像成畫面中的戰鬥機，張開雙手遨翔：「我奮力爬上駕駛座，勇敢與未知戰鬥，既然沒了你，還有什麼是不能失去；我成為最強的戰鬥機，再不怕現實的襲擊，反正沒了你，我只好燃燒到不能自己……」發音尚不標準的他，老是把「失去」唱成「失氣」，「自己」變成「記己」，英勇的戰鬥機經他一唱，變成搞笑的迷你版。

「我不能愛，我不能愛，要是再不能愛，我該怎麼辦？原來這麼多年，一直尋找是你醜醜的臉。」每次唱到這，我都會捏安古的小臉跟著哼：「醜醜的臉。」安古自然是可愛的，但我老笑他鼻孔偏大、眼睛太小，在挑剔中欣賞他與我相似的眉目。幾次後，安古也不甘示弱，指著我更大聲唱：「醜醜的臉！」

二〇一八年，自新聞得知團員哲毓病逝，我跟安古說他喜歡的鐵之貝克，有個團員過世了。對死亡已經半知半解的安古追問：「他為什麼會死？」「因為生病。」我拿出CD，第一次用音響播〈鐵之貝克〉給安古聽。這張專輯以帶點萬聖節氛圍的棺材當封面，此時看來卻有些感傷。我翻開CD跟著歌詞唱，才發現原來唱錯了，「醜醜的臉」應是「臭臭的臉」。

唱了這麼多年，第一次唱出正確版本：「原來這麼多年，一直尋找是你臭臭的臉，但我真的懷念，真的懷念，看來要一輩子用力思念；那太短暫的歡樂，被我當成，最永恆依戀……」跳躍流淌的琴聲，輕快而爆裂，輕聲訴說：即使你離開了，我也會好好過下去，並且永遠思念你。

知道正確歌詞的我們，依舊習慣錯誤的版本。每唱到這裡，腦海便跳出安古在那南方城市的房間裡，不肯安睡的明亮眼睛和圓潤稚氣的小臉。醜醜的臉，最愛的臉。

大海

年節返家，發現家裡多了一台全新的卡拉ＯＫ伴唱機。小姑姑坐在沙發上，邊唱歌邊揮手跟我打招呼。表妹、堂弟分別坐在不同位置上，有的看歌本，有的用遙控器點歌。自從舊的卡拉ＯＫ伴唱機壞掉後，已經很久不見這幅景象。過去這種全家團聚的時刻，家裡客廳總是充滿爸爸、大姑姑、小姑姑和叔叔們的歌聲。大姑姑喜歡悲苦的台語情歌，小姑姑鍾愛民歌時代，而大叔叔最愛潘越雲，總把流行歌當聲樂來唱。

至於爸爸，他的愛歌很多，橫跨時代很長，幾乎很少有難倒他的曲目，其中必點歌曲是張雨生的〈大海〉：「茫然走在海邊，看那潮來潮去，徒勞無功，想把每朵浪花記清；想要說聲愛你，卻被吹散在風裡，猛然回頭，你在那裡？」幾年前，爸爸發現罹患食道癌，要動手術切除前，特地找幾個好友去唱ＫＴＶ，阿姨則在一旁錄下爸爸唱歌的樣子。阿姨把影像傳給我們幾個姊妹，影像裡的爸爸拿著麥克風賣力高歌，唱得如此投入且深情。阿姨說，爸爸怕切除食道後會傷到聲帶，再無法這樣唱歌。

張雨生的歌不太容易唱，爸爸每唱到副歌：「如果大海能夠喚回曾經的愛，就讓我用一生等待；如果深情往事你已不再留戀，就讓它隨風飄遠。」習慣抖動喉結，使整首歌聽來雖然好聽，但就是太油了一點。不過，這倒滿符合我印象中的爸爸，愛說也許根本做不到的好聽話，有多少錢花多少錢，只在乎此時此刻的歡樂，毫不顧慮將來。

他從不要求我的功課，即使隔日是段考，爸爸也只是淡淡說：「那種學校考試有什麼好擔心的？」說完果真發動車子，載我們姊妹往山裡海邊去。當時，我們常去鄰近的新豐海邊。海砂是深色的，海水也是。他一手抱小妹，一手牽大妹，我跟在他們身後，一起往海裡走去。大浪來時，我向前抓緊爸爸的衣服，對眼前一片未知感到畏懼。但爸爸不同，他的臉上洋溢著興奮。浪花越打越高，我害怕極了，站在淺水區不願再往前。只見爸爸扛起小妹，高舉在頭頂上，隨浪花來去高聲叫喊。忘記是誰在身後拍下我們的背影，為我們的海灘時光留下見證。

後來，爸爸在山上建立新家庭，而我離家讀書，彼此很少有機會再同遊，留下的合照不像兒時那樣多。尋找爸爸告別式要播放的家庭相簿時，那張海邊合照被大妹選中放進檔案裡。看著投影幕上那張背光、角度傾斜的照片，我似乎聞到那股鹹膩的海風，看見浪濤朝我們撲來，而我們急急轉身跑開。

在麥克風輪轉之中，我點播張雨生的〈大海〉。螢幕上出現年輕的張雨生，頂著略長的短髮，背景是一片大海。在場最年輕的小堂弟竟拿起麥克風，用青春期正變聲的低沉嗓音，一字一句穩穩唱著：「如果大海能夠帶走我的哀愁，就像帶走每條河流……」一九九二年，這首〈大海〉誕生；二〇〇四年，小堂弟出生。由於前面已有兩個兒子，小阿妗在經濟不寬裕的狀況下，幾度猶豫是否要生下這個孩子？最後，夫妻決定承擔生命，迎接不在預期內的孩子。年復一年，如光點般的生命已長成十六歲少年。

「就讓它隨風飄遠……」歌曲又來到爸爸最愛抖動喉結的副歌處，小堂弟並未把歌唱油，隨著節奏拔高嗓音，爸爸唱得流連眷戀，小堂弟卻多了一分對未知的無懼。彷彿他是一名新水手，正要航向未知世界。

這是爸爸走後第一次，聽見這首歌時，我沒有流淚。

給你呆呆

「呆呆，我永遠記得，你說愛要好好藏住，別讓人知道⋯⋯」第一次聽見這首歌是大姑姑的喪禮後。爸爸、小妹和我從殯儀館搭車回阿婆家，下車後，爸爸沒有進屋，說室內味道太多，還是待在外面好。身體僅存皮包骨的他，拄著拐杖走到小叔叔準備的椅子上，慢慢坐下，垂頭望著街道和騎樓地面的花磚。生病兩年多，他的頭髮幾乎全白，瞬間老了幾十歲。他向小叔叔要支菸，久久抽一口，任指間菸香隨風飄散。小叔叔也點起菸，抽幾口後，忽然睜大眼睛，像孩子想起什麼有趣的遊戲般說：「大哥，我放一首歌給你聽！」

「呆呆，我也還記得，你說愛要懂得含蓄，別輕易付出⋯⋯」清亮女聲自音響流出，清晰咬字和反覆節奏，一聽就知道是民歌。爸爸沒說話，但嘴角微微上揚。「這是什麼歌？」我問。從小跟著爸爸、叔叔們聽民歌長大的我，從沒聽過這首歌。「這是妳爸以前的招牌歌，他念書時綽號就叫『呆呆』，好像是一個學姊開始叫的。」小叔叔邊說邊曖昧的看爸爸一眼，似乎想引起他的反應。爸爸沒說話，笑容卻更明顯。歌聲飄蕩在騎樓，讓人暫時忘卻大姑姑病逝的哀傷和爸爸病弱的頹敗。我不知道爸爸有過這綽號，那學姊是誰呢？他的初戀情人嗎？小叔叔接著又點播一首〈楓林小橋〉，同是爸爸學生時代的歌。我才發現有好多屬於他們的歌、他們之間的事，我從不知道。

有記憶起，我很少看見他們有親暱的互動，也許身為男人，不輕易顯露感情。另外，也跟阿公偏心有關。阿公育有三男兩女，獨獨偏愛排行老大的爸爸，叔叔們心中不平衡。每當黃湯下肚，彼此說話越來越大聲，最後大打出手。兒時的我特別怕他們喝酒，總覺得接下來會有壞事發生。後來，爸爸幾乎用光阿公所有積蓄，連房子都拿去銀行抵押，若不是叔叔想方設法籌到錢，房子差點被查封。闖禍的爸爸更少回家，正值青春期的我只得獨自面對愁容滿面的叔叔和家中低迷的氣氛，看著藏在日曆後的法院封條，深怕連遮風避雨的地方都失去。阿婆對我說：「妳爸花掉妳公忒多錢[1]，這屋要做分兩个阿叔。」我知道她的意思，這房子不再有爸爸的位置。我也感覺到，家和從前不同了。再後來，阿公走了，叔叔們各組家庭。每到母親節、年節這些特殊日子，爸爸和我們姊妹會回家聚餐。有一次，他們一言不合又吵起來，小叔叔生氣大喊：「這是我的房子。」爸爸一臉怒意開車離去。

小叔叔播歌給爸爸聽的下午，是多年來難得見他們交心的時刻。不到半年，爸爸隨大姑姑的腳步，離開這個世界。逢年過節，我們姊妹仍會回去，但很少提起爸爸或大姑姑。某天，喝下幾杯酒的大叔叔忽然說：「我這輩子算是沒有對不起妳爸，他走之前，我去安寧病房看他，還唱歌給他聽。」「什麼歌？」我問。「〈給你呆呆〉啊！他以前最愛這一首。」大叔叔回。我的腦海裡浮現這一幕，在充斥消毒藥水味的安寧病房裡，大叔叔站在爸爸的病床邊，壓抑高亢嗓音輕聲哼：「呆呆，你沒說，愛要緊緊的握住，否則，我就不會離你而去……」兩個叔叔不約而同用同一首歌向大哥做最後告別。

爸爸告別式的前一天，大家挑選幾張舊照片要在告別式播放。小叔叔指著其中一

1 忒多錢：太多錢。

張照片說：「你爸救過我的命，我們去溪邊露營，火差點燒瓦斯瓶，還好你爸發現，抓起瓶子往對岸丟，我們才沒受傷。」泛黃照片裡，爸爸和叔叔們圍聚火堆旁，吉他擺在石頭上，火光映照他們精壯身體和年輕笑容，說不定拍照前他們剛唱完：「歷久會彌新，我不了解，匆匆離開了你。時間是考驗，我不了解，匆匆離開了你……」經歷時間考驗在生命盡頭的呆呆，聽見弟弟為他唱的歌，一定也笑了吧。

雪中紅

說來很玄，我相信情侶之間的定情歌將預示他們的結局。最好的例子就是爸爸。爸爸和第三任妻子最愛唱江蕙的〈家後〉，果然阿姨陪爸爸走到最後。而爸爸和第二任妻子最愛合唱的是〈雪中紅〉，兩人終究抵不過分離的命運。

爸爸和繼母是爬山時認識的。有幾年，爸爸因媽媽執意離婚一蹶不振，把自己關在房間裡。阿婆很擔心怕爸爸就這樣瘋了，替他報名登山社。爸爸從前就愛往山上跑，失婚的他重新步入山林，大自然和新朋友讓他重拾笑容。牆上貼滿爬山照片，其中一張合照，一群年輕男女坐在山巔，爸爸擁著穿紅外套的女子，女子開心對鏡頭笑，露出潔白整齊的牙齒。大約一年後，她成為我的新媽媽。

初結婚，家裡仍經營牛排館。當時流行在餐廳加裝卡拉ＯＫ，爸爸跟風在天花板架電視機，搭配兩支有線麥克風。生意清淡時，他跟繼母兩人坐在空蕩蕩的餐廳裡唱歌打發時間。他們最愛合唱的歌就是〈雪中紅〉。「今夜風寒雨水冷，可比紅花落風塵。」繼母用帶點鼻音的聲腔唱著。「既然已分開，毋通閣講起，越頭只有加添心稀微……」爸爸瞇著那雙有些憂鬱的眼睛，深情款款唱著。我坐在旁邊的椅子上，看著兩人含情脈脈對唱。

他們年輕時常以情侶裝出席各種場合。某次他們到我就讀的國小參加親子活動，兩人穿同款白T搭迷彩褲配短靴，站在一群穿襯衫、洋裝的大人裡特別顯眼，連我也不得不受到注目。他們離開後，國小導師走向我，望著他們的背影說：「他們真是好看的一對！」

「日思夜夢為你一人，綿綿情意，啥知夢醒變成空……」他們恩愛的日子並沒有持續太久。小妹出生後，兩人爭吵頻率越來越高。小妹天生高額頭，稀疏髮絲和黑黝黝的皮膚，被人說像ET。比起雪白皮膚、圓嘟嘟臉蛋的大妹，小妹長得不算討喜。對小妹的誕生，爸爸表現不像大妹出生時開心。我猜，爸爸大概有點失望吧。產檢超音波顯示是男孩，生下來竟又是女孩。有兩個女兒的爸爸，生兒子的期盼再度落空。還有，牛排館生意清淡，度假村工作收入也不像名片職稱光鮮，種種原因壓得他們喘不過氣。爸爸甚至開始動手，我在隔壁房聽見繼母的哭喊聲，綿綿情意化為濃濃憎恨，最終選擇分開。

去年，爸爸住進安寧病房，曾要求跟媽媽通電話。我打開手機視訊，只見爸爸哭著向媽媽說對不起，表明希望媽媽來看他。媽媽像哄孩子般對爸爸說：「你乖乖吃飯吃藥，我就會去看你。」爸爸邊哭邊點頭。掛斷後，小妹問爸爸：「那你要不要跟我媽說話？」爸爸卻猛搖頭。

不到兩個月，爸爸走了，答應要來看他的媽媽還是沒來，並以忙碌為由，缺席爸爸的喪禮。但繼母來了。繼母向爸爸上完香後說：「他玩了幾十年，痛苦兩年，這輩子也算值得了。」我想起燈光昏暗的楓林牛排館，爸爸握著麥克風深情唱：「親像妳的夢，阮的心袂輕鬆，為妳我心沉重……」繼母接唱：「啊……不見中秋又逢冬……」最後兩人相看一眼，合唱：「只有玫瑰雪中紅……」我彷彿看見玫瑰花瓣片片飄落，被雪花覆蓋，終於不見。我知道，無論後來如何，他們曾相愛過。

附記：一九九一年，〈雪中紅〉隨電視劇《草地狀元》於大街小巷傳唱。作曲人吳嘉祥提及〈雪中紅〉的創作背景：「因為我有段時間在卡拉ＯＫ兼職，播歌並駐唱，發現男女對唱情歌很受酒客歡迎，又覺得很久沒有男女對唱的歌曲出現，就寫了這首描述男女戀人迫於環境分手的歌。」果然，〈雪中紅〉很快成為卡拉ＯＫ經典對唱情歌。

快樂天堂

〈快樂天堂〉是安古的愛歌之一，我猜，他之所以喜歡，是因歌詞裡提到許多動物：「大象長長的鼻子正昂揚，全世界都舉起了希望；孔雀旋轉著碧麗輝煌，沒有人應該永遠沮喪……」動物的形貌生動，無論歌詞或旋律都充滿希望。這是滾石唱片於一九八六年，為台北市圓山動物園搬遷，讓旗下歌手共同錄唱的歌。每次聽，都會想起兒時關於動物園的回憶。不過，我記憶中的動物園不是圓山動物園或搬遷後的木柵動物園，而是新竹動物園。

第一次去新竹動物園，大約是三歲時。由於年紀尚小，對於當天的記憶只剩短短的片刻。只記得，天氣溫暖，日光包圍外婆和我。外婆抱著我蹲下來，一團團毛茸茸的東西向我靠近。外婆握我的手，讓我的手指輕輕觸碰牠的身體。「這是羊咩咩喔。」外婆說。記憶短暫得如一瞬之光。但我確實記得。記得羊屎的騷味，外婆身上的檀香。那樣遙遠，又那樣深刻。父母離婚後，本來給外婆照顧的我，就這樣被帶回阿婆家。很想念外婆的時候，我會抱著外婆送我的小羊玩偶，閉起眼睛，讓短暫的回憶溫暖我。

再大一些，阿婆也帶我去新竹動物園。那天，阿婆率著五個大大小小的孩子，手裡款一鍋稀飯，搭上火車，再從火車站一路走到新竹動物園。很久以後才聽阿婆說，那時候身上沒什麼錢，好在有熟人在新竹動物園票口工作，通融我們免費入場。阿婆在一隻紅毛猩猩的籠子前逗留很久。鐵籠很小，紅毛猩猩幾乎無法走動，只能把長長的手伸向籠外，向遊客討食物。「佢和妳大姑同一年降[2]。」阿婆憐惜的說。大姑姑從小身體不好，特別受阿婆寵愛。也許是愛屋及烏，阿婆來動物園時，都會特別去探望紅毛猩猩。

動物園不大，很快繞完一圈。孩子們紛紛喊餓，阿婆帶我們到動物園中心一座磨石子溜滑梯旁，她坐在一旁石椅上，解開塑膠袋、打開鍋蓋，早上剛煮好的熱騰騰稀飯已變涼。阿婆拿起湯匙，一口稀飯配一點醬瓜，餵飽幾張嗷嗷待哺的小口。孩子不識貧困，不知道阿婆口袋裡僅剩幾個零錢。只覺得歡樂時光特別短暫，回程路上，跟阿婆約定：「下次還要帶我們來喔。」

更大一些，我跟著爸爸和繼母的小發財車來新竹動物園。他們在動物園旁的花市擺攤，人潮不多時，會給我幾個零錢，讓我獨自去動物園走逛。我手裡拿著爸爸搖的珍珠奶茶，進入動物園大門，經過中心的噴泉，來到河馬池畔。河馬總是全身浸泡在池子裡，只露出一對耳朵或兩個大鼻孔。我大口吸著甜蜜的珍珠，等待河馬浮出水面換氣。那時的我還不知道，珍珠奶茶的榮景就快走向尾聲，爸爸和繼母之間漸漸出現裂口，而我，即將與童年揮手告別。

「河馬張開口呑掉了水草，煩惱都裝進牠的大肚量；老鷹帶領著我們飛翔，更高更遠更需要夢想。」今年新竹動物園剛整修完重新開幕，我帶著安古一起造訪這座童年的樂園。嶄新的動物園遊客眾多，我花了一些時間才找到入口。磨石子溜滑梯不見了，鳥籠變成兒童遊戲區，唯獨河馬還在原來的池子裡。望著鬱鬱池水，我很懷疑裡頭會有水草。對於曾關在鳥籠裡的鳥兒，飛翔可能是一輩子遙不可及的夢想。

2 佢：他。降：出生。

「告訴你一個神祕的地方，一個孩子們的快樂天堂。」動物園是一個籠子連著一個籠子的孩子樂園，一代又一代的孩子們，包括我，都曾在動物園裡留下美好的回憶。但可惜的是，這個快樂天堂，卻不屬於動物們。

哆啦A夢之歌

每天晚上六點，安古會轉到18台，準時收看《哆啦A夢》。主題曲一響起，安古跟著大聲哼：「心の中いつもいつもえがいてる（えがいてる）夢をのせた自分だけの世界地図（タケコプタ～）……」（在我心中一直描繪著一張地圖〔描繪著〕乘著夢想飛翔在只屬於自己的世界地圖上〔竹蜻蜓〕）這首由黑須克彥作詞作曲、Mao演唱的〈夢をかなえてドラえもん〉（為我實現夢想的哆啦A夢）取代了我兒時熟悉的〈哆啦A夢之歌〉。

不知是否因為主題曲換了，主角譯名改變，我總覺得電視上的哆啦A夢不是以前的小叮噹，大雄也不像大雄。從前的大雄比較憨，現在的大雄多幾分小奸小詐，一遇不如意，就向哆啦A夢借道具報復胖虎和小夫。「大雄怎麼可以這樣！」有的劇情讓我忍不住抗議。

我記得他們從前的名字。那時，哆啦A夢叫小叮噹，胖虎是技安，小夫叫阿福，靜香還是宜靜。他們住在錄影帶裡，想要看最新一集《小叮噹》，得到大姑姑家。大姑丈原是吉他老師，改行做消毒工作後，賺了不少錢。大姑姑家有最新的玩具、卡通和電動，加上幾個表兄弟姊妹裡，除了跟我同齡的表妹外，就屬小我兩歲的大表弟年齡最相近，和我最要好。一星期至少有一天，坐上阿公的老摩托車，從火車前站騎往大姑姑位在後站的家。

他們家的電視機是我們家的兩倍大，搭配高級音響，當《小叮噹》錄影帶放進錄放影機中，大衫久美子演唱的片頭曲響起：「こんなこといいな　できたらいいな（這樣的事真好，實現的話真好！）あんなゆめ　こんなゆめ　いっぱいあるけど（那樣的夢想，這樣的夢想，我有各種的美夢！）」坐在電視機前的我們瞬間進入小叮噹的世界，跟著大雄一行人一起去冒險。成人世界還遙遠，我們一起做著各式各樣的夢。比如關上燈，乘坐沙發太空船，想像遨遊在浩瀚無垠的宇宙。

「みんなみんなみんな　かなえてくれる（大家大家幫我實現願望！）ふしぎなポッケで　かなえてくれる（用那奇妙的口袋，幫我實現願望！）」即使大人刻意掩

藏，孩子還是能察覺大人世界的變化。大姑姑家的玩具不像從前那樣多那樣新，不再全家出遊，《小叮噹》錄影帶始終沒有更新。某天，我從阿婆口中得知大姑姑和大姑丈分開的消息。和小叮噹一樣有著矮胖身型的大姑丈不再出現，大姑姑每星期得洗腎，家裡氣氛變得沉重，步入青春期的我們有各自生活圈、煩惱和憂愁。離開童年的我們就這樣越走越遠，即使難得家庭聚餐見面，也不若兒時親暱。

「そらをじゆうに　とびたいな」（我想自由地在天空飛！）

「ハイ！タケコプター」（來！給你竹蜻蜓！）

「アンアンアン　とってもだいすき　ドラえもん」（尢～尢～尢～！我最喜歡小叮噹呀！）

我們長大了，小叮噹還沒發明。如果有一天，真有小叮噹，我的夢想是搭上時光機，回去看看那些已經離開的人。騎老摩托車載我去大姑姑家的阿公，還有，身形微胖、愛穿花裙和高跟鞋的大姑姑。為了一群孩子，她在廚房煮一大鍋快煮麵，晚飯時間一到，大聲叫嚷在樓上看《小叮噹》的我們：「趕快下來吃飯啦！」那聲音如此宏亮。

附記：一九七九年，由菊池俊輔譜曲、楠部工譜曲，大衫久美子演唱的〈哆啦A夢之歌〉，除了原來的日語版之外，我最熟悉的是一九七九年，由邱芷玲填詞，范曉萱演唱的國語版〈小叮噹〉：「如果我有機器貓，我要叫他小叮噹，竹蜻蜓和時光隧道能去任何的地方……」甜美中帶點稚氣的嗓音，紅遍大街小巷。那時的我們正一步步離開一起看《小叮噹》的童年。

心有獨鍾

手機跳出名為「八〇年代收割機」的影片，是陳曉東參加《追光吧，哥哥》真人秀節目的演出片段。只見四十五歲的陳曉東，身穿華麗合身的舞台服裝，獨自站在舞台上，邊做動作邊唱：「單單為你心有獨鍾，因為愛過才知情多濃，濃得發痛在心中，痛全是感動，我是真的真的與眾不同。」動作略顯多餘，但我依舊跟隨他的歌聲墜入青春回憶中。

一九九七年，港流當道，我和同學有各自擁護的香港四大天王。某天，娛樂新聞介紹一位長得像梁詠琪的香港男歌手陳曉東，兩人有相似的雙眼皮大眼和高䠷身材，還有媒體封陳曉東為四大天王的接班人。但不知哪來先入為主的觀念，我總覺得長得太帥的男藝人，多半是仰仗臉蛋沒有實力，所以並未特別注意他。

然而，在家庭聚會卡拉ＯＫ場合，小我兩、三歲的表弟們，開始點播他的歌：

「給了甜蜜又保持距離，而你瀟灑來去，玩愛情遊戲，我一天天失去勇氣，偏偏難了難忘記。」剛邁入青春期的他們，喉結突出、長出鬍子，裝扮也不同，有的剪類近龐克髮型，有的把頭髮留過肩膀，或是偷偷在手臂刺青，甚至穿鼻環、舌環。我訝異且不解的看著他們的改變，漸漸意識到，他們已不是跟在我身後的小孩。看他們那樣深情歌唱，心中說不定有心儀的對象。因為聽過他們唱，我也學會幾句副歌：「真正為你心有獨鍾，因為有你世界變不同。」尚未談過戀愛的我，透過歌詞想像自己也能擁有一見鍾情的初戀，並且相守終老。

就在當紅之際，娛樂新聞屢屢傳出陳曉東的八卦：他和張柏芝公開交往後分手，與恩師戴思聰反目，唱片公司無預警倒閉。我不知道陳曉東如何捱過那些年，當我再看見他時，他已是飾演電視劇《蘭陵王》第二男主角宇文邕，深情款款又霸氣十足的模樣，竟比馮紹峰飾演的第一男主角蘭陵王更引人注目。

這齣戲的插曲為陳曉東演唱的〈突然心動〉：「突然心動，有你不同，我的天空，過濾掉了傷痛。我說過永遠，當然管用，我讓瞬間停在我心中。」螢幕中不若過往年輕的陳曉東，在新秀輩出的演藝圈，要再次站上舞台談何容易？

也許因為這個緣故，當我看見陳曉東站上追光舞台，彷彿為追逐逝去的時光，努力裝扮得更年輕，在舞台上賣力演出。像遲到多年的歌迷，我重新聽著過去弟弟們最愛的歌：「真正為你心有獨鍾，因為有你世界變不同，笑我太傻太懵懂，或愛得太重，只為相信我自己，能永遠對你心獨鍾。」過了太傻太懵懂年紀的我，終於不帶偏見，被他的歌聲深深打動。也體悟到，能遇見心有獨鍾的那人，其實並不如想像容易，情海世界變幻無常，永遠更顯稀少而珍貴。而這或許就是〈心有獨鍾〉被許多人喜愛的原因。

飛龍在天

幾個月前，相約在高中好友家聚會。那是在山腰的連棟建物，距離台北市只要半小時車程，租金卻可以省下大半。我們叫了披薩和炸雞，在可以看見綠樹的明亮客廳裡聊天。好友拿出高中時期的相簿，說可以從中挑選喜歡的照片回家。

翻開相簿，舊時記憶一點一滴浮現。那時，我們經常是六人行，放學後留校念書，或相約去火車站前的漢堡王，美其名是讀書，其實大部分時間都在聊天。不想讀書，就逛逛SOGO百貨、誠品書店，或去KTV唱歌。我們幾個之中，歌唱得最好的就是秀了。秀留著一頭長直髮，面容溫婉，說話聲音也嬌嬌細細的。但唱起歌的秀，嗓音卻渾厚有力，和說話的聲音不同。她性格潛藏的倔強與堅定，在歌聲中透露出來。

多年來，每想起秀，就會想起她唱歌的樣子。我們相倚坐在昏暗的KTV中，先點播鄭秀文的舞曲炒熱氣氛，再各自拿點歌本，或在電腦螢幕前，搜尋喜愛的歌手輪番唱情歌：王菲〈悶〉、莫文蔚〈盛夏的果實〉，還有戴佩妮〈街角的祝福〉……突然，螢幕出現「飛龍在天」四個字。是誰點的？有人問。是我啦，只見秀紅著臉舉起手。

《飛龍在天》是當紅的電視劇，由江宏恩、黃少祺、賈靜雯、張鳳書飾演，同名主題曲亦由這四位主角所唱。背景發生於清末的台灣，劇情描述武館「艋舺忠義堂」的一群練武之士，彼此的恩怨糾葛與愛恨情仇。

「人在江湖，身不由己。」歌曲開頭，秀刻意用比自己年齡滄桑的嗓音唱，那反差的模樣逗得大家忍不住笑出聲。一到節奏鏗鏘的副歌，當秀唱著：「好男兒毋怕出身低，男子漢志在出頭天。」我們齊聲唱和女聲版本：「咱的緣前世就注定。」秀接著唱：「咱的愛今生來完成。」最後大家一起合唱：「手牽手，心逗陣，把握好時機，親像飛龍飛上天。」大家又唱又笑，氣氛嗨到最高點。當時就讀女中的我們，每天面對大大小小的考試，只盼未來考上一所好學校，以為能就此邁向康莊大道。

大學聯考後，依照分數落點，找到較適合自己的學校系所。我們從此散落在台灣各地大學，相聚次數愈來愈少。最後一次見到秀，是我讀碩士班時。秀從台北搭火車來新竹找我，我們約在後火車站一間咖啡店。大學念中文系的她，成為一名保險業務員。

秀帶著身不由己的口吻說，她也想像我繼續讀書，或像柔成為記者，但她身為長女，希望分擔家計，不能像我們這樣自由。秀比我早一步踏入社會，她一面描述在台北工作的忙碌與辛苦，同時也以充滿希望的語氣，描繪未來可能的樣子。短暫相聚後，我送她到火車站。天空忽然下起雨，我拿出備用雨傘，沒帶傘的秀跟我同撐一把傘。我們挨得很近，我聞見她長長髮絲傳來的淡淡香氣。

沒過多久，我接到一通來電，電話裡高中好友急急說著秀意外離世的消息。怎麼可能？我反覆在電話中確認，怎麼也不敢不想不願相信，不久前跟我一起走在雨中的伊人，竟到了另一個世界。

「人生在世，只有兩字，一字情，一字義。」那年在KTV聽秀唱著這首歌的我們，還未明白生命無常、人身有限。如今多年過去，相簿裡，年輕的秀與我們勾肩搭背，對著鏡頭大笑。曾經真心相交的歲月，被鏡頭停格，長存記憶中。

亞細亞的孤兒

好友終於懷上心念已久的孩子，開心告訴我好消息。她的愛情經歷波折，終於開花結果。丈夫Y是泰國人，準確來說是泰北孤軍的後裔，因傳教來台灣，認識好友，有了後來的故事。聽好友轉述，Y本不想有孩子，人生太苦，何苦生下一代受罪？每次聽她說起Y，耳邊便響起那首哀傷的歌——〈亞細亞的孤兒〉。

第一次聽見它，是在小叔叔房裡。專輯名為「未來的主人翁」，但封面黑壓壓，似宣告未來一片黑暗。〈亞細亞的孤兒〉在A面第二首。吉他聲之後，傳來羅大佑低沉滄桑的聲音：「亞細亞的孤兒，在風中哭泣，黃色的臉孔有紅色的汙泥，黑色的眼珠有白色的恐懼，西風在東方唱著悲傷的歌曲……」第二遍反覆時加入兒童和聲與軍鼓，彷彿隱喻有人是在砲彈聲中長大。而後嗩吶悠悠響起，如嗚咽的哭泣。它不像小叔叔其他錄音帶以愛情為主題，而是我似懂非懂，關於國族、政治的東西。中美關係、兩岸情勢，大人口裡的模糊名詞在歌裡勾連起來。他說的是台灣吧。

幾年後，我在第四台播放的電影《異域》再次聽見它，主唱改為王傑。他以戲劇性哭腔唱：「亞細亞的孤兒，在風中哭泣。沒有人要和你玩平等的遊戲，每個人都想要你心愛的玩具，親愛的孩子你為何哭泣？」我淚流滿面望著屏幕裡，泰北孤軍沾滿泥濘、血水的臉孔，感到悲傷又慶幸。還好，不是台灣。

影像卻化為真人來到眼前。當時我在國中實習，泰北女孩來台灣學校交流，她身穿台灣學校制服，站上朝會講台。校長介紹泰北後，指著她身上的衣服說：「這是我們捐過去的。」麥克風交到女孩手上，她用不標準的國語說：「謝謝大家！我的同學們都很想來看看這裡。」

我望著她害羞澄澈的黑色眸子，聽她說她的故事。在泰北家鄉的同學，等她回去轉述台灣的一切。母親交代，伴手禮上要有「made in Taiwan」。還不知道台灣在哪的時候，她早學會這裡的語言。她知道說得不標準，父親也常念她，連自己的話都說不好。偏偏「臺灣」兩字都不好寫，她練習好久……

台下的台灣孩子好奇望著台上年齡相仿的女孩，表情流露不耐，似乎無法理解台上的孩子在說什麼。「太陽好大，朝會還要開到什麼時候？」「她頭髮也剪得太齊了吧。」導師聽見騷動，制止學生：「再等一下，等等交換禮物後就可以回教室了。」女孩說完，怯生生遞上一紙燙金感謝狀，感謝台灣學校捐贈制服與書包。朝會結束，我跟著人群走回教室。明明陽光炙熱，心卻蒙上暗影。我上網搜尋泰北，遇見兒時看過的電影、聽過的歌。才發現，泰北與台灣的關係這樣深。泰北孤軍如台灣的影子，在異域長出自己的樣子。

有人說，〈亞細亞的孤兒〉說的就是台灣，歌名取自吳濁流同名小說，敘述日本時代台灣知識分子胡太明在台灣受日本殖民欺壓，到中國後又不被認為是中國人受到歧視。在不被認同與種種打擊下，終至混亂發瘋。也有人說，歌詞中「白色的恐懼」是國民黨統治下的白色恐怖。

「亞細亞的孤兒」究竟是誰？羅大佑在二〇一六年接受《閃亮的年代》主持人馬世芳訪問，提及創作初衷，原是在父親買的 ***LIFE*** 雜誌看見一張越戰照片，美軍砲彈擊中街上奔逃的女孩，那畫面叫他震懾。白色恐懼指的是白種人在亞洲的暴行。

「多少人在追尋那解不開的問題？多少人在深夜裡無奈的嘆息？多少人的眼淚在

無言中抹去？親愛的母親這是什麼真理？」無論創作初衷為何，歌曲已然擁有自己的生命，被不同地方的人們傳唱，轉換成當下難解的處境。透過歌曲，我看見自己成長的軌跡，一次次重新認識身處的台灣。愈理解愈明白，這真是一首哀傷的歌。

輯三　流浪

流浪者的獨白

剛上高中時，我覺得背吉他很帥，跟爸爸提到想學吉他。不久後，爸爸買給我一把淺色木紋吉他。他說，這是店裡面最便宜的一把，反正我也是剛學，不用買太貴的。收到禮物的我當然開心，但也有些訝異，那時爸爸創業失敗，工作沒有著落，這一千多元對他來說不是小數目。

我去高中附近的音樂教室報名吉他課，吉他老師是長髮中年男人，他把頭髮綁在腦後，低頭彈吉他時，幾根髮絲落在額頭，遮住他細小眼睛。老師教我基本和弦和指法，要我回家練習。

我背起吉他，離開狹小擁擠的音樂教室，搭火車回家。吉他很大，壓在我的肩上，有種小孩穿大人衣服的尷尬。回到房間，我抱著爸爸送我的吉他，學老師的姿勢，左手用力壓著琴弦，右手彈奏。左手指尖因為用力壓弦而紅腫，老師說：「這是過程，等長繭就不痛了。」我咬牙練習，忍受自己彈奏一點也不悅耳的聲音。為什麼我老是練不好？我在心底忍不住埋怨：「一定是這把吉他太爛了！」

爸爸聽見我在房間撥弄琴弦的聲音，轉動門把走進來，說：「來！爸爸教妳。」他接過我手中的吉他，把它抱在懷裡，用左手按著琴弦，右手拇指撥動琴弦，調了一下音，彈起前奏，琴弦急急，如行走的旅人，唱：「走過了遙遠的流浪途，嘗盡了途中的風雨露。路旁有一株蒼老的樹，看出我滿腔的苦楚。只為了尋找一份真摯的愛，滿腔的愁緒都忘懷，不管山路多麼狹窄，我眉也不皺頭也不抬。」爸爸瞇著眼，手指靈活轉換各種和弦，喉結抖動唱出低沉動聽的歌聲，和吉他聲搭配得天衣無縫。這是我第一次聽爸爸彈吉他，我簡直看呆了。以前常聽叔叔說，爸爸念書時很會彈吉他，靠這招把了好幾個女朋友。爸爸彈完，笑著看我，嘴角上揚，一副「老爸很強吧」的表情。我故意不稱讚他，只問：「這是什麼歌？」「〈流浪者的獨白〉。寫歌的人叫葉佳修，他寫的歌都很好聽，可是很奇怪，寫給別人唱都會紅，自己唱就紅不了。」這是我第一次聽見葉佳修的名字，被這首歌迷住的我，去唱片行翻找CD，卻怎麼也找不到這首歌。吉他課上完一期後，因為練琴太辛苦，我選擇放棄。吉他被擱置角落，在我離鄉念大學後不知所蹤。

幾天前，在山豬窩書店無意間找到一本《階梯民謠吉他》，一翻恰好就是〈流浪者的獨白〉。回到家後，我上網搜尋這首歌，跟著旋律哼：「唱不完永遠的你和我呀，有你有你有我有我……」彷彿又見到爸爸抱著那把吉他，坐在眼前輕輕唱著。

附記：這篇文章刊登於二〇一九年十月十四日，我在二〇二二年二月八日為正在撰寫的小說採訪爸爸的好朋友時，他說，他對爸爸最初的印象，並不是後來帶活動認識，而是更早以前，當時他在台北讀軍校，他曾在著名的木船民歌西餐廳，看過爸爸在那裡駐唱。木船在一九八二年於西門町開幕，全盛時期擁有十四家分店，培育出許多知名歌手，包括李宗盛、殷正洋、周華健、周治平、曲祐良、張雨生、潘美辰等人。我出生於一九八二年，卻全然沒有爸爸在木船駐唱的記憶，倒是記得曾經有一次，爸爸抱著我坐在一間西餐廳中央的鋼琴前彈奏一小段簡單的音樂。他告訴我，會彈鋼琴的女人很有氣質。或許因為如此，我始終對於自己不會彈鋼琴感到缺憾。

浪子回頭

晚上六點多，天色微暗，雲層還透著光，我們驅車前往市郊大型商場。只因前幾天答應安古如果他乖乖把感冒藥吃完，要買一個玩具給他。安古坐在後座蹦蹦跳跳，喊著想買樂高新出的悟空小俠。這時，廣播裡傳出茄子蛋的〈浪子回頭〉：「菸一支一支一支的點……」本來就喜歡這首歌的安古立刻接著唱：「酒一杯一杯一杯的『ㄉㄚ』……」他並不熟悉歌詞，卻唱得投入又大聲。歌曲結束，廣播主持人用感性的聲音說：「這首歌是要紀念演員吳朋奉……」我向安古解釋，有位演員過世了，他是這首歌MV的男主角。他忽然沉默下來，恰好商場到了，他似乎忘記剛剛的事，又開始嚷嚷要買的新玩具。

隔天接他放學時，他忽然哼起：「請你要體諒我，我酒量不好賣給我衝康……」接著轉頭問我：「他為什麼會死掉？」我一時愣住，不知道安古口中的「他」是誰？

過幾秒才恍然大悟，原來他還惦記著昨天的事。「因為他生病啊，」我回：「就像姊公[3]一樣。」我不知道這回答正不正確？吳朋奉是突然離世，而爸爸是拖了兩、三年才離開。

但我第一次聽到這首歌時，想到的確實是爸爸。身為長子的他一直希望自己可以有一番作為，向阿公要錢，去銀行貸款，最後甚至跟高利貸借錢。那次，流氓跑來我們家，把爸爸揍得頭破血流。爸爸會不會死掉？為什麼那些人要跑來家裡打他？我好怕那些「壞人」又跑來，畏畏縮縮站在門邊，看救護車紅燈照亮一樓，桌面地上四處血跡斑斑。

成長過程裡，我不只一次感受即將失去爸爸的恐懼。同時，也聽夠爸爸畫的美好大餅。「等爸爸有錢，就帶妳們出國玩。」「等爸爸做完這筆生意，就買一棟房子，妳們一人一間房間。」兒時的我喜歡聽爸爸說那些關於未來的話，跟他一起作夢。

「時間一天一天一天的走，汗一滴一滴一滴的流，有一天，咱都老，帶某子逗

3 姊公，「外公」之意。

陣，浪子回頭……」時間過去，我發現爸爸的諾言多半是空談，我不再懷抱希望。但阿婆仍不放棄，盼他回頭。爸爸三十多歲時，阿婆曾幫他算命，算命師說他四十歲就會改變。阿婆信誓旦旦告訴我，等爸爸四十歲就會變好。浪子真的會回頭嗎？我想相信，卻不敢。怕願望成空，怕期待讓失望變絕望。

三年前，爸爸發現罹癌。也許是想彌補過去的空缺，他拖著病體出席我的新書發表會，常找我們聚餐。曾一年盼過一年的我們，對爸爸的期待只剩身體健康。起初，爸爸還喊著如果把山上的地賣出去，就可以買房子。我有點同情他，那些夢注定要落空。卻也不得不佩服他，至少他不曾放棄那些夢想。而曾陪他一起作夢的我們，最終在火葬場送走了他。阿婆很傷心，甚至有點生氣，她盼一輩子的長子還沒完成那些承諾，就這樣離開。

「有一天，咱都老，帶某子逗陣……」歌曲尾聲，安古接著唱「浪子回頭」，沒想到茄子蛋卻沒唱出這句，再次重複「帶某子逗陣」，安古又大聲接著唱「浪子回頭」。一連三次，我們始終等不到最後那句。浪子終究沒有回頭。而經歷三段婚姻，生下四個女兒，還有阿姨相守到最後一刻的爸爸，一生也不算有太多遺憾了吧。

橄欖樹

一年多前，從新聞得知齊豫開了一間素食餐廳，一直想去，直到七夕這天終於成行。小時候，爸爸常播放齊豫的歌給我聽，他說齊豫是他最欣賞的女歌手。音響裡，經常飄蕩齊豫空靈的嗓音：「不要問我從哪裡來，我的故鄉在遠方，為什麼流浪，流浪遠方，流浪……」對不識字的我來說，流浪是很模糊的詞彙。爸爸開車載我去新豐海邊，整整一個下午，我們浸泡在海水裡或在淺灘上玩沙，就是我最遙遠的流浪。

剛上國小時，爸爸在新竹五峰找到一份度假村的工作。他買下吉普車，經常往山上跑，一待就是半個月。爸爸不在家時，我獨自在家聽《橄欖樹》：「為了天空飛翔的小鳥，為了山間清流的小溪，為了寬闊的草原，流浪遠方，流浪。還有，還有，為了夢中的橄欖樹，橄欖樹……」一邊聽著歌一邊揣想爸爸此刻在做些什麼？帶遊客在溪上泛舟？或是跟原住民朋友潛入水中抓溪蝦？

偶而假日爸爸會帶我一起上山。有一次，他帶我走過一條狹窄的吊橋，他走在前頭，我在後頭。我害怕的看著橋下，想走快一些追上爸爸的步伐，又怕跑起來，吊橋會搖晃得更劇烈。我盡量不看橋下，專注盯著爸爸的背影，爸爸的步伐穩健，完全沒有害怕的樣子。踩著爸爸踏過的步伐，我終於走過吊橋。

對岸出現一間紅磚小屋，爸爸說，那是作家三毛的故居。爸爸見我沒有反應，便說三毛就是《橄欖樹》的作詞人。三毛曾在此住了三年，為小屋取名「夢屋」。屋前有一棵高過屋頂的肖楠樹，據說她喜歡在樹下沉澱靜坐。小小的我站在夢屋外，眺望三毛見過的風景，前方是一片翠綠山脈，俯瞰是川流不息的清澈溪水。儘管眼前的是肖楠樹不是橄欖樹，我依舊認定這裡就是歌詞中的流浪風景。

對於遙遠的漂泊，我只敢在文字中嚮往，從不敢真的實行。比起我，爸爸勇敢得多。他獨自來到陌生的山區，以山為家，完全融入山中生活。

餐廳裡播放齊豫唱的《心經》，那是我熟悉的空靈嗓音，卻不似從前的悲傷漂泊，而予人沉靜的感受。享用完餐食，正在細細品味加了燕麥奶的拿鐵時，竟見齊豫緩緩走上樓來。她將長髮梳成髻，身穿深藍色上衣、寬大白褲子，一身素淨。她親切的向我們打招呼，接著走進吧檯裡忙碌。兒時跟爸爸一塊聽歌的畫面忽然湧現。懷著興奮心情的我鼓起勇氣對她說：「我和爸爸都是妳的歌迷。」她笑著回我：「這樣很好，不會有代溝。」待她忙完，我們合影。拍完照，齊豫說：「有空帶妳爸爸來吃飯。」「爸爸兩年前走了。」我平靜的說。回答時，或許有遺憾，但並不感傷，此刻的爸爸應該正走上屬於他的另一段旅程。

「下次一定要再來喔。」齊豫離開前對我們說。告別潔白明亮、布滿花束的餐廳，我的心情跟著明亮起來。我正走向我們的遠方。

外面的世界

可能是頻繁宣傳新書《海市》的關係，心裡又響起〈外面的世界〉這首歌：「在很久很久以前，你擁有我，我擁有你；在很久很久以前，你離開我，去遠空翱翔……」齊秦悠緩訴說愛人別離後，留在原地之人的心情。每次聽，都讓我想起離婚後獨自去台北打拚的媽媽。爸爸曾拿著一紙媽媽狀告他的法院公文，含淚控訴這是媽媽逼他離婚的證明。她為了離開，可以連妳也不要。爸爸用可憐、怨懟的眼神對我說，想把我拉到他這一邊，恨離去的人連最後一點機會都不給。但，還小的我對媽媽的印象太模糊，模糊到連動用「恨」這麼明確的情感都不能。

「外面的世界很精彩，外面的世界很無奈，當你覺得外面的世界很精彩，我會在這裡衷心的祝福你。」再大一點，我會趁爸爸不在家，在阿婆的包庇下，偷偷北上看媽媽。但這樣的機會很少，更多時候是我在湖口等待她偶然出現。有時，是外婆打電話來通風報信：「妳媽轉來了！遽遽來。」有時，媽媽忽然現身班級教室的窗邊。妳媽媽好漂亮喔，同學羨慕的說。我揚起驕傲的小尾巴，跟在美麗的媽媽身後，一塊步出校園。媽媽會給我帶來各種新奇好玩的東西，掛在脖子上的懷錶、會長出頭髮的大頭娃娃、粉紅色史努比照相機、比手掌還小的蛋形電子雞，第一次吃山竹也是媽媽帶來的。我們並肩坐在校園後門的石椅上，媽媽細心剝開山竹厚厚的皮，說：「這可是果后喔。」我用媽媽帶來的新鮮事物，一點一滴拼湊外面世界的樣貌。

「每當夕陽西沉的時候，我總是在這裡盼望你，天空中總是飄著雨，我依然等待你的歸期。」相聚短暫，媽媽送的新手錶分針秒針不停往前跑，我暗自倒數分開的時間。夕陽西下，媽媽送我回教室，並向老師道謝。放學途中，提著一袋還未吃完的山竹，跟同學邊走邊嬉鬧的我，突然看見那張空蕩蕩的石椅，想起媽媽離去的身影，內心下起濛濛細雨。

「再大一點，就可以來台北跟媽媽一起住。」媽媽安慰我說。盼望這一天趕快來到的我，好不容易等到高中畢業。選填大學志願時，卻猶豫了。媽媽的世界不只有媽媽，還有媽媽的丈夫和同母異父的弟弟妹妹。在那裡，我像多餘的人。還有，我才剛逃出一個家，怎麼願意再被另一個家束縛？結果，我的志願從台北變成遠離台北的地方。「叫妳填台北妳不聽，跑去那麼遠的地方幹麼？」媽媽在電話中叨念。

這次，我成了離開的人。

大學畢業那年，電影《如果・愛》上映。周迅飾演的老孫，為了前途不惜離開愛人。插曲除了〈外面的世界〉，還有一首改編版的〈外面〉，周迅以沙啞嗓音呢喃：「外面的世界很精彩，我出去會不會失敗？外面的世界特別慷慨，闖出去我就可以活過來。」坐在觀眾席的我，想起當年帶著一點傻氣和愚勇，想去全然陌生、沒有阿婆也沒有媽媽的世界闖蕩的自己，忽然有些理解當年媽媽離開的心情。還那樣年輕的她，或許不想再被什麼束縛住了，所以走得乾脆，不留餘地。不知道是幸或不幸，我似乎遺傳了媽媽的傻勁與決絕。

「一離開頭也不轉不回來，我離開永遠都不再回來。」媽媽離開湖口後，很少再回來，台北已是她的家。而我畢業後，待過一個城市換一個城市，湖口或台北僅是短暫停留就離開。當年背起行囊離家的我，不曾想過，原來離開是不停往前走，再也回不來。

花戒指

從小，我都算是聽話的學生。尤其國中就讀升學班，每天依照老師的安排，乖乖讀書、應付大大小小的考試。生活就像關在籠中的白老鼠，不停在滾輪上奔跑，直到聯考結束。唯一一次逃出籠子，就屬那一天。

升學班假日得上輔導課，由於學校沒有提供營養午餐，同學們會結伴去校外用餐。那天中午，我和往常一樣跟同學吃完飯，正打算走回學校，卻在路上遇見爸爸。爸爸開著一輛黑色旅行車，停在我身邊，打開車窗，喊：「走！跟爸爸去司馬庫斯。」我瞪大眼睛看著他，猶豫的說：「可是……我的書包還在教室。」本以為爸爸會就此打消念頭，但他卻一副那又如何的表情，對我身邊的同學說：「麻煩妳等一下幫她拿書包回家！」

每次，我跟朋友提起這件事，大家都會羨慕的說：「妳爸好酷喔！」但是，對當時的我或妹妹們而言，爸爸突如其來的興頭，不按牌理出牌的個性，其實讓我們有些困擾。比較起來，一個殷實可靠的上班族父親更值得信賴。總之，我生平第一次「蹺課」，是爸爸唆使的。

就這樣，妹妹們和我被爸爸半強迫帶上司馬庫斯。當時的司馬庫斯還不像現在這麼多遊客，沒有導航、網路，狹窄曲折的山路上，我們能依靠的只有一心想去司馬庫斯的爸爸。

車子從中午開到傍晚，天色越來越黑，道路卻越來越小，一旁深不見底的懸崖宛若黑洞，隨時會把我們吞噬。我心底很害怕，卻不敢吭聲。因為，坐在副駕駛座的我，從爸爸眉頭深鎖的模樣知道，爸爸也慌了。後座尚讀小學的大妹，看著窗外懸崖邊的枯樹，哽咽的問：「我們會不會掉下去？」爸爸一聽，果然動怒了，叫她閉嘴，讓他好好專心開車。

早知道，就堅決不上爸爸的車了，待在籠子裡還比較安全。我在內心偷偷埋怨爸爸，並暗自祈禱奇蹟出現。

又走了一小段路，起霧的山區竟出現兩顆圓圓的光。是車燈！一輛小卡車停在我們前面。向來不愛問路的爸爸，立刻下車問路。原來小卡車正是從司馬庫斯來的，卡車司機看了看車內的我們姊妹，決定親自帶我們去司馬庫斯。

卡車司機的出現，平復我們驚慌的心。抵達司馬庫斯時，天已全黑，我們借住一間民宿二樓通鋪，除了我們一家，另外還有幾個登山社的大學生。入夜高山比想像中還寒冷，裹著睡袋的我們，緊緊靠在一起彼此取暖。望著很快呼呼大睡的爸爸，我實在不能理解，為什麼他要這樣毫無準備，只為一時興起而上山？

隔天清晨，大學生們為了尋訪神木，早早動身往更深山前進。爸爸說，妹妹們還小，往前走的路段較危險，決定不往上走，在部落附近拍拍照，就下山回家。不解此行目的的我，壓抑內心的怒意，跟著爸爸在部落四周散步。爸爸不停要我們站這站那擺Pose拍照。但面對相機那頭的爸爸，我們卻一點也笑不出來。

蜿蜒山路邊開滿不知名粉紅色小花，爸爸突然蹲了下來，連著長長的莖採下花。只見他一面纏繞著花莖，一面哼唱：「你可聽說嗎？那戒指花。春天開在山崖，人人喜愛它。有情人攀登山崖，摘了花，來到樹下。編成戒指，送給他。就像告訴他，愛他。」短短幾分鐘，我們三個的手指全套上爸爸做的花戒指。昨天被爸爸罵、臭著臉的大妹，終於展露笑容。

有人說，女兒是爸爸前世的情人。善於說話、交過許多女友的爸爸，上輩子鐵定也有很多女朋友。我們那時就是這樣被爸爸哄騙了吧。

最後的溫柔

坐在車裡的我，聽見音響傳來熟悉的旋律。王傑以略帶鼻音的哭腔唱著〈最後的溫柔〉：「最後這一個冬季，就該收拾熱情的過去，不要再繾綣北風裡。冰冷的雙手也是最後的溫柔，啊～你可知否？」我忽然回到那一天，坐在爸爸車子的後座。他緊握方向盤的手顯得蒼白。那是我最後一次坐爸爸的車。我忍不住對身邊的安古說：「我好想我爸爸。」即使明白留戀的徒勞，但我反覆聽著這首歌，每聽一遍就喚醒更多記憶。

我一直覺得爸爸像王傑，除了長得像，還有那股浪子般的憂愁眼眸。正如王傑的另一首代表歌曲〈一場遊戲一場夢〉，我曾以為這世界對爸爸而言，只是一座遊樂場，供他玩一玩，揮揮手就可以轉身瀟灑離去。

二〇一九年初，癌細胞轉移到小腿，爸爸再次開刀。此後，他走路一拐一拐，需要拐杖支撐。某日，我帶安古到新竹，爸爸開車來接我們，說要載我們去北埔老街走走。爸爸向站在路邊的我招手，車窗裡的他比印象中還要瘦小。

冬天進入尾聲，我們穿著薄長袖。從前特別怕熱的爸爸，卻穿著一件厚外套。「爸爸，你這樣還可以開車嗎？」我擔心的問。「沒問題啦。」爸爸以爽朗的聲音回答我，雙手緊握方向盤往竹東開去。

車子經過竹東鬧區，接著轉往北埔山上。「我們先去買茶，喝茶可以抗癌。」爸爸說。自從生病後，爸爸試過各種方法與病魔對抗。山路彎曲，但爸爸開得熟門熟路。一個轉彎，車子停在半山腰的一處茶莊。爸爸撐著拐杖，費力走下車。我走到他的身邊，他伸手牽著我。即使身穿外套，他的手依然冰涼。茶莊入口是玻璃推拉門，進門靠牆處放滿各式鐵製的茶葉罐，中間擺張實木桌。老闆向爸爸打招呼，示意我們坐在桌前，泡茶供我們試飲。發酵後的東方美人，清澈回甘的綠茶，還有濃郁的烏龍。我懷疑爸爸是否還有品茗的閒情，又或只是以茶為藥，期待飲入胸中的茶液可以殺死癌細胞？

我盡量克制自己不去想後來會發生的事。但不知怎麼，總覺得這或許是第一次，也是最後一次跟爸爸上山買茶。除了茶，老闆還準備幾盤茶梅供我們試吃。茶苦梅甜，比起茶我更愛茶梅。爸爸見我愛吃，便買了兩罐茶梅給我，另外還帶了兩罐茶葉。告訴我，喝茶對身體好。

買完茶，接著去北埔老街。爸爸的步伐拖曳，顯得有些疲憊。「要不要回家了？」我問。「我還可以。」爸爸回。我們穿過擁擠人潮，走入一間平價玩具店。玩具店擺滿琳琅滿目的玩具，安古指著架上的戳戳樂說想要。戳戳樂裡都是些零散的小東西，像彈跳球、貼紙和廉價塑膠模型。安古不過是享受一時的驚喜，很快就不會再玩。「不可以買。」我說。安古耍賴喊：「我想要！」「沒關係，阿公買。」爸爸不顧我的反對，大方買給安古。戳戳樂紙盒和裡頭的小玩具如今早已不知去向？（寫到這裡，安古表示抗議，從他收藏玩具的盒子裡拿出一個半圓形紫色彈跳球，說：「妳看，明明就還在！而且我很喜歡。」）

「不要再編織藉口，就讓我瀟灑的走，雖然你的眼神，說明了你依然愛我，這是最後的溫柔。」走的人看似瀟灑，其實心裡最是依依不捨吧。茶梅老早被我吃完，倒是兩罐茶葉直到現在還放在餐桌角落，上頭蒙著一層淡淡的塵埃。我遲遲沒有打開，總覺得屬於爸爸的某個部分仍留在兩罐茶葉裡。聽著歌沉浸回憶裡的我，終於明白爸爸留下的是什麼。那些共度的時光，那是最後的溫柔。

飄洋過海來看你

據說〈飄洋過海來看你〉描述的是演唱者娃娃金智娟的真實故事，她和戀人相隔兩岸，久久才能見一次面。這首歌從小叔叔三樓的房間音響緩緩流洩，透過天窗把音符傳至家中每個角落。我坐在二樓通往三樓的樓梯上，聽娃娃略帶沙啞、充滿力量的歌聲，一字一句清楚唱著：「為你我用了半年的積蓄，飄洋過海的來看你；為了這次相聚，我連見面時的呼吸都曾反覆練習……」這首情歌聽在還小的我耳裡，想起的不是戀人，而是媽媽。

小時候，一年可以上台北一次，到西門町萬年大樓找開錶店的媽媽。有時只有短短一天，長一點不過兩天。新竹到台北距離不遠，但對一個孩子而言，這段距離卻如隔著遙遠的銀河，如牛郎織女般，一年只被允許見一次面。而媽媽和我是大織女與小織女，在台北天橋上相會。沒有捷運的年代，一起慢慢步行走去西門町，走進萬年大樓，搭電梯上獅子林。「陌生的城市啊，熟悉的角落裡⋯⋯」我們母女在繁華城市短短相聚，然後分開。

太久沒見，媽媽總是驚訝我又長大了，接著挑剔我的穿著打扮：「怎麼穿這件衣服？皺巴巴像抹布一樣。」在台北看慣流行文化的她，老是不滿意我的村姑打扮，來台北第一站就是去買新衣。接著挑間餐廳吃大餐，最後一起擠在雙人床上睡一晚。很快，期待已久的相聚時光走到尾聲，道別往往是最難的。彷彿是為了減輕離別的傷感，媽媽會許我一些承諾。比如下學期她會找天到學校看我，又或是以後考上北一女，就可以搬到台北跟她一起住。「為了你的承諾，我在最絕望的時候都忍著不哭泣。」帶著媽媽的承諾和整袋新衣服，我獨自搭上回家的火車。

「陌生的城市啊，熟悉的角落裡，也曾彼此安慰，也曾相擁嘆息，不管將會面對什麼樣的結局。」升國中，台北捷運完工，要找媽媽，不用再步行穿過二二八紀念公園。台北車站到西門，只要一站的距離。交通時間縮短，媽媽和我之間的距離，卻因為成長的空缺越拉越遠。尤其，當媽媽有了另一段婚姻，生下同母異父的弟弟和妹妹後，我明顯感覺媽媽的愛被弟弟搶走。媽媽的心被弟弟占據，吃飯問弟弟想吃什麼，所有行程依照弟弟想要的安排。

高中時，因為英文不及格，被輔導室老師找去特別輔導，沒想到後來竟變成心理諮商。輔導老師說，我應該把心結告訴媽媽。某天深夜，我撥打熟悉電話號碼給她。媽媽這時才剛下班吧。我可以想像她坐在窗邊抽菸，旁邊還有一瓶口袋威士忌。我鼓足勇氣，把對輔導老師說的話全告訴媽媽，最後邊哭邊說：「我覺得媽媽比較愛弟弟。」電話那頭的媽媽沉默一兩秒，用故作輕鬆的語氣說：「沒有啊，只是媽媽對每個孩子的愛表達的方式不同。」我含淚掛上電話，不知道打這通電話究竟是對是錯？

漸漸長大，我越來越能領會所有的愛，包括愛情、友情、親情都是無可奈何的事。有的孩子無論做錯什麼事都能被原諒，有的孩子注定與父母始終隔著忽遠忽近的海洋。每當和媽媽冷戰或感到受傷時，我都會想起小時候，想盡辦法和阿婆串通、瞞過爸爸，搭長途火車，越過遙遠的距離，只為一次短暫的相聚。那時我的心如此堅定、明確，毫不猶疑。

輯四　癮頭

癮頭

以前雖然知道曹雅雯這位歌手，但因為很少聽台語歌，所以對她的歌並不熟悉。這次金曲獎，曹雅雯藉著創作專輯《自本》，獲得最佳台語女歌手和最佳台語專輯獎，我好奇的上網搜尋，找到這首〈癮頭〉。這首歌不強調華麗的唱功，以充滿情感的嗓音與生活化的敘述打動人心，也讓我對台語歌有了全新的認識與感受，不知不覺竟重複播放了一整晚。

我的母語是客家話，只聽得懂一點點台語，起初不知道什麼叫「癮頭」。光看字面，以為是對一種東西上癮。問了身邊懂台語的朋友，才知道癮頭有「傻瓜」的意思。從另一個角度想，非常熱愛一個東西，為它犧牲時間，甚至傾盡一切，不也是一種傻瓜的行為？

這首歌的詞曲由曹雅雯和張三共同創作，可能是他們的年紀與我相仿，歌詞用語比起從前聽過的台語歌，讓我更有共感。「又閣落雨，淋到澹去的目睫毛；是風是雨，敢猶有人會相借問。又閣天光，癮頭的城市猶咧睏，我拄收工欲來去食早頓，食早頓，食早頓……」猶然闖蕩在文學路上的我，在這首歌裡聽見追逐夢想的不易。創作經常都是孤獨的，人情冷暖也唯有自己最能明白。雖然不像歌詞裡描述的熬夜工作，但懷著未竟的念想入眠，隔天一早趁著孩子還在睡，起床坐在書桌前打字、修改稿子是常有的事。

「寫一條歌，啊哪會感覺遮歹聽。莫閣廢話，講較多也無較縒，無較縒，無較縒，愈聽愈倒彈。」我喜歡這首歌的另一個原因，是它使用許多生活的語彙，例如「莫閣廢話」、「倒彈」，不僅有獨特的音韻，跟著哼的我似乎也能藉著歌曲發洩內心的困頓。正埋首創作長篇小說的我，雖然已經依照自己想像的藍圖，寫出基本的輪廓，卻怎麼也沒有辦法達到想要的層次與深度。越寫越「倒彈」。但抱怨也無用，只能多看書，再走一趟小說人物走過的路，回到書桌前繼續耐著心修改。

曹雅雯的聲音質地乾淨而細緻，歌曲前的低迴絮叨，轉入副歌時，忽以拔起的姿態直指人心，追問：「啥人的心，揣無路，彎彎曲曲，顛顛倒倒；又閣是啥人，行不知路，茫茫渺渺，起起落落。」尚未找到路的人，仍在顛顛簸簸之中尋路。尋路難，難如上青天。不停的走，卻行不知路。T就是這樣，身懷才華，但為了家庭與五斗米，不得不暫時擱下理想，早出晚歸，在工作裡經歷風霜。

「啥人的心，有揣到路，彎彎曲曲，顛顛倒倒；又閣是啥人，行這條路，茫茫渺渺，起起落落。」然而，就算找到路又如何呢？譬如我，決心以寫作作為人生職志，儘管慶幸找到了路，但仍得克服生活中的現實，面對創作中的跌跌撞撞。副歌兩段既相似又相對，不管是「揣無路」或「揣到路」，眼前的路依然無限展開，走在路上的人依舊要面對彎曲、顛倒的路途。

然而，我很開心能在尋路途中遇見這首歌，知道在不同的領域，有人正以其他形式，面對社會、家庭，尋找自己的路。帶著這首歌，繼續勇敢的往前走吧，就算被笑是「癮頭」也無所畏。

夢一場

安古出生後，他的第一首搖籃曲是〈搖嬰仔歌〉。五歲後，他彷彿免疫般，無論我哼多少次「嬰仔嬰嬰睏，一暝大一寸」，他還是雙眼圓睜喊：「媽媽，我睡不著，我還有十萬電力！」我不得不開始尋覓其他適合入眠的歌曲。

「早知道是這樣，像夢一場，我才不會把愛都放在同一個地方，我能原諒你的荒唐，荒唐的是我沒有辦法遺忘……」也許是希望他能快點「夢一場」，某天隨口哼出這首歌。原來電力十足的安古，像被拔掉插頭般，漸漸安靜下來。初聽時，我還只是高中生，談不成熟的戀愛，箇中酸甜苦辣隨時間淡忘。當我唱給安古聽時，這首歌已有全新的樣貌，從哀苦的情歌，搖身一變成甜蜜的搖籃曲。邊哼邊輕撫孩子的背，我只希望他早點入夢，明早上學別遲到。

〈夢一場〉收錄於那英一九九九年發行的專輯《乾脆》，作曲者是袁惟仁。我很喜歡袁惟仁創作的歌曲，悠淡曲調裡潛藏深沉的悲傷，比如那英的另一首《征服》：「就這樣被你征服，切斷了所有退路……」也是由袁惟仁作詞作曲，感傷情緒如高濃度的酒，一口即醉。又如由袁惟仁作曲、楊明學作詞的〈旋木〉：「擁有華麗的外表和絢爛的燈光，我是匹旋轉木馬身在這天堂，只為了滿足孩子的夢想，爬到我背上就帶你去翱翔。」華麗的旋轉木馬，轉到第二圈就流露無可奈何的憂愁：「我忘了只能原地奔跑的那憂傷，我也忘了自己是永遠被鎖上，不管我能夠陪你有多長，至少能讓你幻想與我飛翔。」每次唱完〈夢一場〉，旋律自然而然接上〈旋木〉，彷彿它們本是同一首歌的上下兩部。

比起那英悲愴的歌聲，我更喜歡袁惟仁自彈自唱的版本。也許唱功不比那英，特別在高音時，可以聽出他的吃力，但我卻更能感受這首歌看似平淡卻濃烈的情感，隱藏在聲音沙啞處。

社區路燈透過窗簾，悄悄爬進屋來。我望著安古圓鼓鼓的小臉，微微張開、流口水的嘟嘟嘴，忍不住偷親一口。「媽媽，不要弄我，我要睡覺！」他伸出小手把我推開，向我抗議。希望他早點入眠的我，瞬間變成小惡魔，用親吻打擾他的美夢。只是，望著他可愛的小臉，誰又能忍得住呢？半睡半醒的他皺了皺眉，轉過身背對我。

「讓你去瘋，讓你去狂，讓你在沒有我的地方堅強……」我輕輕把歌哼完。漆黑夜裡，我突然感到小小的失落。揣想著不遠的將來，他會擁有自己的伴侶。到時，當我再次唱起這首歌，又該懷著什麼樣的心情呢？

搖嬰仔歌

安古出生後，他的第一首搖籃曲是〈搖嬰仔歌〉。夜半時分，他啼哭不停，尿布換了，奶餵了。束手無策時，腦海浮現這首歌。我憑藉零落的記憶哼唱。歌詞僅記得幾句：「嬰仔嬰嬰睏，一暝大一寸；嬰仔嬰嬰惜，一暝大一尺。」其餘皆是胡亂拼湊。或許是音樂的魔力，他的哭聲漸歇，躁動小手也平靜下來。

細聽這首歌，曲調悠緩，卻隱藏淡淡的哀愁。我以幾句歌詞查出完整歌詞，以及這首歌誕生的背景。作曲者為呂泉生，二次世界大戰時，他的妻兒因躲避空襲遠赴外地，彼此無法相見，呂泉生遂作此曲傳達思念之情。作詞人盧雲生是畫家，曾是春萌畫院和台陽美術協會的成員。歌詞從抱在懷中的嬰兒，一路唱到讀書嫁娶。我尤其喜歡第二小段的詞：「搖子日落山，抱子金金看，你是我心肝，驚你受風寒。」從歌詞裡彷彿可以看見那畫面，父母輕搖懷裡的孩子，太陽西沉，彩霞從窗外透進微光，照在孩子睡著的小臉上。

兒時的我沒聽過搖籃曲，倒是常聽床邊故事。爸爸買童話故事錄音帶，在我睡前按下收音機 Play 鍵，對我說晚安，人就下樓去。收音機傳出字正腔圓的女聲，講述三隻小豬如何抵抗大野狼，或王子突破難關解救公主。或許是聲音太過清晰，躺在床上的我翻來覆去睡不著。爬下床，光著腳，跑去隔壁房間找阿婆。阿婆見我睡不著，便講虎姑婆的故事給我聽。每天晚上，類似的句子、同樣的情節，熟悉且令人安心的聲音伴我入眠。

說故事是助眠的好方法之一。我也會說自編的故事給安古聽，三歲左右的他最喜歡〈姑婆喵喵〉。兒時阿婆口裡的虎姑婆，是會吃孩子的可怕妖怪，但我越大越同情虎姑婆，說不定她一點也不壞，不過是被傳說給妖魔化了。因此，我說，虎姑婆和她的貓咪喵喵住在森林小屋裡，有天，喵喵邀請好朋友安古到家裡作客。虎姑婆開心的準備烤餅乾招待安古，烤箱卻不小心起火。喵喵立刻變身成 Fire Engine（安古當時最愛消防車）把火撲滅，安古拿起斧頭把小屋周遭的樹砍掉，兩人合作下，才沒有引發森林大火。後來，虎姑婆又烤了一盤好吃的巧克力餅乾，感謝安古和喵喵。這個睡前胡亂編的故事，大受安古喜愛，一晚常要複述三遍以上。「已經講很多遍了！」換我耍賴。安古用稚嫩嗓音拜託：「媽媽，再說一遍就好了，最後一遍，真的。」「真的最後一次喔。」這次，我故意把故事講得非、常、慢，句子與句子間的停頓越拉越長。我從他側躺的睡姿判斷，大功就要告成。故事一說完，無縫接軌哼唱〈搖嬰仔歌〉。我用不標準的台語發音，唱零零落落的歌詞。在斷斷續續哼唱間，我聽見安古沉沉的呼吸聲。

隨著安古漸漸長大，我有一段時間沒說這個故事。幾天前，心血來潮，又說了一遍。五歲多的安古頻頻發表意見：「為什麼虎姑婆每次都烤餅乾？不能做包子、煮麵或做其他東西嗎？」「喵喵為什麼要變身成消防車？打一一九就好啦！」我啼笑皆非的解釋：「你小時候最愛吃餅乾啊！」「你那時最愛消防車啊！」顯然，這故事不管用了。我使出殺手鐧，開始哼唱〈搖嬰仔歌〉，誰知道連這首歌的魔法也減弱，唱到自己快睡著，安古依舊如小蟲般，在棉被裡鑽來鑽去，電力十足的喊：「媽媽，我睡不著！」我輕拍他的背，試著換唱其他歌曲。一首又一首，直到我們一起走進夢鄉。

附記：呂泉生，一九一六年出生，台中縣神岡鄉三角村人。一九四二年，由日本東京返台後，致力採集台灣歌謠，如〈丟丟銅仔〉、〈六月田水〉和〈一隻鳥仔哮啾啾〉等。據《呂泉生的音樂人生》一書中記載，二〇〇〇年時，呂泉生曾遠赴福建韶安，從相關人士聽說祖先應是客家人，因此相信自己是「福佬客」，即被閩南化的客家後裔。

又記：有了安弟之後，安古成為哥哥。某天夜裡，想方設法要安撫躁動的安弟入睡，安古哼起這首歌，就像我從前為他哼唱那樣。「媽媽，這首歌是妳寫的嗎？」安古忽然問我。「當然不是啦！我哪有那麼厲害？只是媽媽記不得全部的歌詞，又不太會說台語，所以有時候會自己編歌詞進去。」我解釋完，安古繼續哼著這首歌，儘管音準忽高忽低，卻帶給我一夜好眠。

東京搏命男

前幾天，安古最愛的卡通之一《烏龍派出所》，播出查理小林的祕密。視覺系搖滾樂團的主唱查理小林，擔任龜有公園前派出所一日警察署長。一台卡車載著樂團登場，兩位吉他手在前，後面還有一位鼓手。查理小林從轎車下車，身上穿著警察制服，頭頂蓬鬆紅髮，雪白臉上化著紫藍色眼影和唇膏，項鍊、手環披掛在身，讓外號「阿兩」的兩津勘吉大喊：「好華麗的小子！」接著，馬上補上一箭：「我根本沒聽過什麼查理小林。」經紀人趕緊安慰神情落寞的小林說：「中老年人哪懂什麼視覺系樂團啊！」

我第一次知道視覺系樂團是剛上高中時，隔壁座位的同學告訴我的。她的個子很高，頭髮微捲，臉蛋如洋娃娃般精緻。那時，新竹市有兩、三間唱片行，生意都好得不得了，經常可以看到藝人舉辦簽唱會，大排長龍的情景。同學們幾乎人手一台CD

Player，一下課，有的人獨自聽歌，短暫沉浸在自己的世界中。也有的人，喜歡跟要好的同學一人戴一邊耳機，共同分享喜歡的歌。有一天，我看見她正在聽歌，好奇問：「妳在聽誰的歌？」「Luna Sea 月之海，有聽過嗎？」我搖搖頭。她指著CD封面上一個身穿黑衣、畫眼線眼影，頭髮遮住半邊臉的男子，說：「這是吉他手Sugizo，我超愛他的！要不要聽聽看？」她露出粉絲的崇拜表情，把耳機遞給我。我戴上耳機，節奏強烈的音樂即刻竄入耳朵，像電流般竄流全身，用力打擊著心臟，整間教室彷彿將被音樂炸開。一首歌還沒結束，我就拿下耳機。「喜歡嗎？」她睜著大大的眼睛，期待我的回答。「還不錯。」我說。其實，我沒那麼喜歡這類的歌。從小跟著大人聽民歌、國語流行歌的我，喜歡節奏舒緩、旋律反覆，可以琅琅上口的歌。我有點沮喪，覺得自己真是落伍，不像同學那樣前衛。電視機前步入中年的我，真想向小林的經紀人喊：「不只中老年人不懂，高中生也可能不懂啊！」

就在阿兩帶著小林和經紀人逛唱片行時，阿兩發現小林有點眼熟，他在中古唱片區找到一張老唱片，證實查理小林竟是二十年前的民謠歌手小林一夫。小林一夫紅了一首歌後，從此在歌壇消失匿跡。查理小林拚命否認自己是小林一夫，準備赴往搖滾音樂祭時，卻陰錯陽差走錯場地，來到民謠歌手演唱會。過去同期歌手認出小林，詫異看著他渾身華麗裝扮，要他趕快換衣服準備登場。查理小林卸下華麗衣服，素淨的臉戴上細框大眼鏡，手抱木吉他，身穿背心和牛仔寬褲。他站上舞台，面對跟他一樣步入中年的觀眾，表情難掩尷尬。我在他閃爍的眼神裡，看見當年難以對同學誠實以告的自己。

面對現場諸多觀眾，小林彈奏木吉他，緩緩開口：「ああ憧れの東京　ああ夢に見た東京……」（我憧憬的東京　夢寐以求的東京）台下觀眾報以熱情的掌聲，大家渴切的眼神鼓舞了小林，讓他更加投入演唱，彷彿回到當年的自己。

螢幕上有歌詞翻譯，描述來東京拚搏的「我」，最大夢想是帶著心愛女人到東京鐵塔一遊，然而這女人卻是別人的妻。安古認識的字不多，無法理解歌中透露的無奈。即使如此，他卻深深被這首歌吸引，隨著旋律輕輕擺動身體。晚上散步時，安古試圖哼唱這首歌，卻抓不到旋律。他指著腦袋說：「我不會唱，可是這首歌已經在我頭腦的電腦裡了。」我上網搜尋歌名，找到這首歌，手機傳來小林的歌聲：「ああ切ない東京　東京ハッスル男……」（悲傷的東京，東京搏命男……）看著安古陶醉的表情，我突然有點後悔，當時沒有把自己真正喜歡的歌介紹給那個同學。說不定，她也會喜歡。

不必在乎我是誰

「媽媽，我要聽『幾次』！」每次我用手機播歌，安古就會吵著要「插播」他想聽的歌。〈不必在乎我是誰〉就是他的必點歌曲之一。「幾、次、真的想讓記己墜，讓記己遠離那許多恩怨是非，讓隱藏已久的渴望隨風飛，請忘了我是誰……」安古大聲跟著唱，他的嗓音稚氣，咬字不準確，節奏時快時慢，搭配豐富的表情和搞笑的動作，隨節奏起伏搖擺。

回想起來，他之所以會唱這首歌，是因為我的關係。

有段時間，我反覆聽這首歌。當時，我經歷一段失敗的感情，對方在我毫無預警的情況下，打一通電話來說要分開，從此不再接我的電話。我在同事朋友面前裝作沒事，一樣上下班吃飯照常生活。然而，每當回到租屋，回到一個人，孤單來襲，叫人無法招架。「我覺得有點累，我想我缺少安慰；我的生活如此乏味，生命像花一樣枯萎……」林憶蓮極富感染力的歌聲自手機傳來，迴盪整個房間，從情感澎湃的副歌，唱到最後輕聲呢喃：「不管春風怎樣吹，讓我先好好愛一回。」我聽見自己的寂寞，也聽見壓抑許久的渴望。如同這首歌的曲調，澎湃的情感與悲傷的情緒漸漸隨時間淡化。即使如此，這首歌依舊未在我的歌單退場。有了安古後，我常一邊照顧他一邊不自覺哼唱，或是乾脆用手機大聲播放。某天，當我又不經意唱起這首歌時，竟聽見安古用稚嫩嗓音跟著哼。

除了原唱林憶蓮的版本，還有方炯鑌翻唱的版本，我常兩首交替聽。林憶蓮的伴奏豐富、情感強烈，直接有力傳達女性的悲傷與渴望。相較之下，方炯鑌的版本單純以鋼琴伴奏，將歌詞中的「女人若沒人愛多可悲」改為「男人」，唱出男性壓抑的情感。「我要聽男生唱的喔！」讀大班的安古似乎意識到自己是個男生，要求聽方炯鑌的版本，跟著唱：「男倫若沒人愛多可悲……」「是男『人』啦！」我在一旁糾正。只見眼前這個小小人兒，陶醉高唱與他年齡不符的「男人歌」，既好笑又可愛。我不禁想，若有一天他遇上情感的挫折，是否也會想起這首歌？想起我們一起度過的每個平凡但幸福的日子，這些回憶能不能給他一些安慰？

未來如何不可知，現在的他最愛在睡前唱這首歌。每當我哼〈夢一場〉想哄他入睡，他會故意大聲唱：「我整夜不能睡，可能是因為菸和咖啡……」用這首歌告訴我，他還不想睡。不管明天是不是要早起上學，他想多玩一下玩具、再看一本漫畫。他在床上滾動身體越唱越起勁，雙手拍床打節奏，最後大喊：「媽媽怎麼辦，我好像越唱越興奮耶。」愛睏的我只能半哀求半命令說：「拜託你趕快睡！」當初聽著歌默默流淚的我，從沒想過它竟然可以用 rap 來唱，不但不悲傷，甚至有點興奮過頭了。

甜蜜的家庭

安古的鋼琴老師將在八月安排一場音樂會，並為每位小朋友安排一首表演曲目。年紀最小的安古被分配一首相對簡單的曲子〈甜蜜的家庭〉。老師把影印的兩頁樂譜黏貼在《兒童的拜爾》封面裡，提醒安古要先彈《哈農》，練習小手指的力度，再彈〈甜蜜的家庭〉。老師還打趣笑說：「回家可以請媽媽教你唱喔！」

我點頭微笑，內心卻有點不願意。因為，我一點也不喜歡這首歌。

小時候有幾首兒歌，常讓我覺得尷尬，甚至憤憤不平。比如〈世上只有媽媽好〉：「有媽的孩子像個寶，沒媽的孩子像根草……」媽媽是不在我身邊，但我還有愛我的阿公阿婆啊！我才不是草呢！幼時的我常在心裡反駁。

還有這首〈甜蜜的家庭〉，說什麼：「我的家庭真可愛，整潔美滿又安康，姊妹兄弟很和氣，父母都慈祥……」家裡做生意，客廳堆滿雜物，老是亂糟糟。姊妹兄弟之間打從阿公那輩開始吵鬧不斷，哪來的和氣？還有，爸媽早離婚，他們個性火爆直接，我很難用「慈祥」形容他們。世上真的有這首歌說的家庭嗎？我非常懷疑。至少，我的家庭不是如此。

但如今，我不得不陪安古一起練習這首歌。

由於得雙手併用，難度比從前學過的曲子難，安古一度排斥練習。坐在他身後的我也無奈搖頭，到底為什麼我們要面對這首歌呢？我在聯絡簿上寫：「安古一直說好難不想彈。」沒練習的結果是到下次上課，他一度抗拒進教室。最後在老師半強迫半利誘下，好不容易坐上鋼琴前。一小時後，我接安古下課。只見他笑咪咪從琴房走出來，留一頭黑長髮、身穿典雅洋裝的老師，雙手放在安古肩膀上，用堅定並帶點鼓勵的語氣說：「我已經跟他溝通好了，他可以的。」

回家看見黑白樂譜上被老師用不同顏色標注：「指頭抬高彈奏」、「換位」、「分手」……安古面對電子琴，手指在琴鍵上彈跳，口裡念念有詞：「Do Re Mi Fa Fa So So Mi……」只識得幾個字的他，沒有我的講解，很難完全明白這首歌的意思。但不知是否離開文字，只存音符，或因是安古彈奏，我發現這首歌的旋律其實挺好聽的。節奏簡單，卻帶給人溫暖的感受。安古聽老師的建議，先彈右手，再練左手，最後合在一起彈。一小節一小節往前練習，最後竟也走走停停彈完一首曲子。

我忽然有點感動。出生、成長在一般人眼中不甚美滿，算不上什麼「甜蜜的家庭」的我，成年後經歷幾次失敗的感情，始終未曾放棄追尋幸福。分手再牽手，我想和安古一起練習這首歌，想和他合唱屬於我們的版本的「甜蜜的家庭」：「雖然沒有好花園，春蘭秋桂長飄香，雖然沒有大廳堂，冬天溫暖夏天涼……」讓歌聲輕輕迴盪在我們小小的家。

明天會更好

「媽媽，我要聽『吹動少年的心』！」我不知道安古說的是哪首歌，當他哼起旋律，才發現原來是〈明天會更好〉。「輕輕敲醒沉睡的心靈，慢慢張開你的眼睛，」開頭是蔡琴磁性溫柔的聲音，「看那忙碌的世界是否依然孤獨地轉個不停……」接唱的渾厚嗓音是余天。多年過去，我依然可以分辨多數歌手的聲音。

第一次聽這首歌，是在小叔叔房間找到一卷沒有盒子的錄音帶，我擦拭灰塵，把它放進小叔叔送我的隨身聽裡。當紅歌手輪番唱兩、三句，最後大合唱，一如歌名「明天會更好」，象徵經濟起飛、朝氣蓬勃的八〇年代。十歲的我並不明白歌詞的意義，跟著唱：「青春不解紅塵，胭脂沾染了灰；讓久違不見的淚水，滋潤了你的面容……」隱隱感覺在充滿希望的歌聲背後，透露一股淡淡哀愁，彷彿有什麼潛藏在暗處，苦痛並非不存在，只是被刻意忽略。

當時，剛退伍的小叔叔早上幫阿公阿婆賣早餐，下午兼差檢修快照機的工作，薪水或擺攤的收入都不錯。他和幾個結拜兄弟一休假，就相約往海邊山上跑。幾個大男孩陸陸續續帶上女友，後來女友變成老婆，只剩小叔叔依舊孤家寡人。其實，並非沒有女孩向他示好，但他似乎天生缺少戀愛雷達，接收不到對方傳來的訊號。他的朋友曾開玩笑說：「他是聖人啦！」有了家庭、孩子，青春男孩的聚會郊遊不再。約是同時，小叔叔兼差的工作沒了，接手爸爸的楓林牛排館生意也不如以往。

那些年想必還發生很多事，但對我而言最直接的變化是小叔叔。老是把房間整理得有條不紊的他，房裡堆疊越來越多雜物。寧靜深夜，他把音響調到最大，引來隔壁鄰居抗議。拜把朋友不再來，他唯一的朋友只剩狗兒小熊。小熊每天躺在房門口等他開門，一人一狗在小鎮四處晃蕩。阿公說小叔叔一定是中邪，四處拜拜求平安符。小叔叔去看醫生，向家人宣告自己得了精神病。然而，沒人願意承認，善於規劃未來、整齊愛乾淨的人成了一名精神病患。小叔叔變成家中不定時炸彈，我們和他相處顯得小心翼翼，保持著距離。阿公的眉頭越鎖越深，家裡蒙上一層灰，只求平順過日，不敢妄想明天。

直到某天，小叔叔忽然說要去印尼娶妻。阿婆東拼西湊借錢，讓他飛一趟印尼。連日密集相親，他決定和陪同姑姑前來的大方女孩互訂終身。小叔叔先回來，等待女孩辦完冗長的簽證程序。他天天打長途電話到雅加達，用客氣害羞的語氣跟她說話。女孩初次離開故鄉加里曼丹島，陌生大城市與不可捉摸的未來，讓她幾度興起回家的念頭。掛上電話的小叔叔向我們談起她的故鄉，一個臨海小村莊。他們在海邊散步，累了在路邊點杯咖啡。「那裡像我小時候的台灣，」他說：「一到那裡，病都好了。」

女孩來到台灣，我不知道小叔叔是否曾告訴她，關於他的病。我稱為「小阿妗」的同齡女孩，接受小叔叔的一切，條件是他要乖乖看醫生、按時吃藥。十幾年來，他們孕育三個男孩，有了家庭重心的小叔叔，並未完全擺脫精神疾病的困擾。每次季節轉換或經濟壓力一來，躁鬱症隨時爆發。但不管他如何對家人發脾氣，甚至和兄弟大打出手，卻不曾對小阿妗說過重話。

「讓我們的笑容，充滿著青春的驕傲，讓我們期待明天會更好……」對年過半百的小叔叔來說，青春早已走遠，誰也不知道明天是否會更好？但每次見小叔叔小阿妗坐在騎樓聊天鬥嘴，覺得能懷抱一點夢想，有人相伴而行，即使人生多磨，也能一步步走下去。

附記：〈明天會更好〉原版歌詞由羅大佑所作，批判世局及灰暗意味更濃。由於當時台灣實施戒嚴審查，錄唱前經過張大春、許乃勝、李壽全、邱復生、張艾嘉、詹宏志等人修潤，完成最終歌詞定稿。發行後廣為傳唱，本文所摘錄之歌詞為修改後的版本。

同類

約是高中時，確定自己對文學的嚮往。然而，在追尋文學的途中常是跌跌撞撞，家人的期待、經濟的考量，以及一個人與文字奮鬥的寂寞，使我一再卻步。〈同類〉這首歌伴我度過幾個轉折的孤單時刻。笛子與吉他的簡單前奏，把我帶回尋覓文學之路的起點。

當時，滿懷憧憬渴望就讀中文系的我，聯考作文結尾沒寫完，最自豪的作文分數淒慘，國文未達高標，中文系全不能填。倒是那年文組數學出奇難，我的數學卻考得特別好，把總分拉上來，得以進入國立大學。

「雨後的城市，寂寞又狼狽，路邊的座位，它空著在等誰……」不能填中文系的我，依分數落點就讀高雄師範大學教育系。高雄，一座遙遠陌生的城市。這裡的人大多說「台語」，不是我熟悉的客家話。這裡的天氣很炎熱，冬季只在寒流曇花一現。

我花許多時間適應這座陌生城市。

升大二，如願以償輔修國文系。家人苦口婆心勸，讀國文系要幹麼？當然要讀英文系。固執的我堅持自己的選擇。教育系不是沒有好友，只是在文學領域不易找到有共鳴的人。到國文系修課後，害羞彆扭的外系生如我仍舊是獨行俠。加上師範國文教育以訓練中學教師為目標，與想像的文學追求有段落差。茫然的我想透過文學獎確認是否可以繼續走下去？「世界有時候孤單的很需要另一個同類……」老舊宿舍裡，當其他室友對著電腦打報告，我戴上耳機隔絕鍵盤聲。孫燕姿清亮的歌聲陪伴我，面對空白頁，敲打記憶中的畫面。

間奏悠悠小提琴聲，配合孫燕姿揚高音調哼唱，把孤單情緒帶向高點。大學畢業，先在國中實習一年，我認清這並非興趣所在。唯一解答的題目、一字不漏背誦題解，站上講台的我必須要求學生應付考試，做這些曾把我對文學熱情消磨殆盡的事。實習完，我決定轉換跑道，向幾家出版社投履歷，進入中部文教出版社工作。

我很快就後悔了。在這間以升學為導向的出版社，整日被無窮無盡選擇題和解答追著跑。唯一勉強算有趣的是作文教學參考書。但是，作文教學範式千篇一律，真不如好好讀完一本小說。工作雖不滿意，但還能應付。再次遷往陌生城市的我，最怕夜深人靜的孤單。一個人躺在租屋床上，唯一陪伴只有對街便利商店開門的叮咚聲。「我拉住時間，它卻不理會，有沒有別人，跟我一樣很想被安慰……」還好當時有個和我同期進出版社的同事，同是師範大學逃兵的她，會約我一起吃飯、看電影。工作半年，我隱約感覺到一位資深編輯的敵意，連帶要好同事突然不太搭理我。

「心，暖了又灰，世界，有時候孤單的很需要另一個同類……」從小到大，我最不擅長處理人際關係。面對被孤立的局面，我感到害怕，但只能強作無事，按時上班，打開電腦、戴上耳機，讓讀書時代累積的歌單，伴我度過狹小辦公室的爾虞我詐。撐過一年，我以考上碩士班為由辭去工作，像逃難般離開那座城市。

讀清大中文所後，老師和同學對文學無可救藥的熱情溫暖了我。倒是自己感到學識缺乏，尤其中文系思路與教育系截然不同。發言總是言不及義，報告慘不忍睹，我重新學習用「中文系語言」說話。我曾把聯考作文沒寫完的事告訴同學，他們不可置信的看著我，一個國文沒高標的人，居然一路讀到中文研究所。即使老被同學嘲笑，但他們並無惡意，我們組成以完成論文為目標的讀書會「邊玩社」，取自魯迅「邊打邊玩」，意即埋首論文，也要記得玩樂。碩士三年是我就學期間最快樂、最接近文學的時期。畢業後，邊玩社同伴們陸續找到教職，而我，看似考上穩定的公務員，其實對文學之路仍猶豫再三。

「愛，收了又給，我們都不太完美；夢，作了又碎，我們有幾次機會，去追……」若堅持讀中文系是第一次艱難的決定，辭去穩定工作是第二次違背家人期待的選擇。我需要更多時間寫作。人生短暫，我得有所取捨。在伴侶支持下，我終於可以不顧一切追逐文學夢。每天帶電腦前往咖啡館，在空白頁上一步一步耐心走著。走了很久，我才領悟這條路本來就得獨自面對，沒有同類。但有文字相伴，並不孤單。

麻雀

下著朦朧細雨的早上八點，搭計程車趕往車站，廣播主持人以甜膩的嗓音說：「接下來，播放李榮浩的〈麻雀〉。」聽見李榮浩三個字，我豎起耳朵。他的第一張專輯《模特》，是我近年少數買下的實體CD之一。當時在第二十五屆金曲獎頒獎典禮，看見得新人獎的他有些靦腆站在舞台演唱〈模特〉，即被他特殊的曲風深深吸引。

他以略帶沙啞率性的聲音唱著：「山隔壁還是山，都有一個伴，相信海枯石爛，也許我笨蛋。飛太慢會落單，太快會受傷，日子不就都這樣……」聽著歌，思緒飛回兒時故鄉。在我們的小鎮，四處可見飛得不快也不慢，平實而不起眼的麻雀。上學途中，路邊、田間都可以發現牠們啄食的身影；抬頭望向天空，交錯的電線桿上，經常可見麻雀停在上頭或是休息，或是整理蓬鬆的羽毛。近年返鄉時，雖然仍可見到牠們的影蹤，但不似過往頻繁。後來看到新聞報導，説是農藥毒殺和外來種八哥的競爭，使得麻雀數量明顯短少。

反而在城市，發現為數眾多的麻雀。幾年前，還在南方城市的圖書館工作，圖書館旁有整排密集的行道樹，市民們會帶著吐司、飼料餵食附近的鴿子，麻雀便夾雜其中爭食地面上的食物。看見牠們，有遇見故鄉舊友的親暱，也安撫早起上班的煩躁。

只是，麻雀不如鴿子體態優雅，有些人們甚至會刻意驅趕麻雀。被人類驅趕的麻雀，低空飛往另一頭繼續覓食。萬物生而不平等。每見此景，我都會格外同情不討喜的麻雀。但也在被驅趕復回來的矮小身形裡，感受到生命的力量。喜歡麻雀的理由也在此，一如李榮浩所唱：「天會晴就會暗，我早就習慣；一日為了三餐，不至於寒酸。」麻雀像是你我般平凡的小人物，儘管一點都不起眼，但仍努力張開雙翅，冒著風雨飛行，只為尋覓食物，餵飽自己與幼雛。

副歌裡，李榮浩奮力激昂唱著：「我飛翔在烏雲之中，你看著我無動於衷，有多少次波濤洶湧，在我心中。你飛向了雪山之巔，我留在你回憶裡面，你成仙我替你留守人間……」以痴情的麻雀喻「我」，對比振翅高飛、飛向雪山之巔的「你」。為了你，即使折斷翅膀也在所不惜，但你仍然高飛遠走。

被「你」遺留下的我，依然穿梭在尋常人家的屋簷之間覓食，在人間歷經晴雨。日子仍要過下去，李榮浩在情緒揚起的副歌之後，輕輕唱道：「麻雀也有明天。」再渺小的人物，也都有屬於自己的人生樣貌，以及夢想中的未來。車站到了，我向司機道謝，我們都是平凡的麻雀，為了相信生命中一點點幸福而努力著。

牛犁歌

牛年到了，好奇有什麼和牛有關的歌曲，上網搜尋，跳出鳳飛飛演唱的〈牛犁歌〉，收錄在歌林唱片一九七七年發行的《台灣民謠歌謠專輯第2輯》之中。這張專輯還收錄同樣由鳳飛飛翻唱，多首膾炙人口的台灣歌謠，像是〈月夜嘆〉、〈春花望露〉等。

鳳飛飛以韻味十足的嗓音，輕唱：「頭戴著竹笠仔喂，遮日頭呀喂；手牽著犁兄仔喂，行到水田頭；奈噯唷呀犁兄仔喂，日曝汗那流；大家著合力呀喂，來打拚噯唷喂。」一生動呈現往昔農村生活，頭戴斗笠的農夫頂著太陽，牽牛走到水田耕種。有趣的是，詞中將牛擬人化，稱為「犁兄仔」。讓我想起兒時放牛的阿公，從不吃牛肉。他說，牛有靈性，是耕種的同伴，怎麼能吃牠的肉？

反而是屬牛的阿婆，不僅不避諱食用，只要是孩子們愛吃，無論西式煎牛排或中式牛肉麵，樣樣都拿手。阿婆似乎不喜歡自己的生肖，曾對我說：「肖麼个全好，就莫肖牛。分人做牛做馬做到死。」阿婆常唱的客家山歌就是以牛為主角：「日頭落山一點紅，牛嫲帶子落陂塘。」當時只覺得是牛嫲帶牛子泡水塘的溫馨畫面，卻未曾想為何要在太陽下山後？

如今想來，許是日正當中，牛嫲須在大太陽下，為人辛勞耕作。「牛嫲」形象與阿婆重疊，從小當人養女的阿婆，年輕時是採茶姑娘，嫁給阿公後，既要打零工賺家用，又要照顧全家老小。牛嫲至少在太陽下山後可以休息，阿婆卻在大家回房就寢後，仍在廚房忙碌。

「手推著牛犁仔喂，來犁田呀喂；我勸著犁兄仔喂，毋通叫艱苦；奈嗳唷仔犁兄仔喂，為著顧三頓；大家著合力呀喂，來打拚嗳唷喂。」歌詞說的是耕種的辛勞，但曲調卻是輕快的，夾雜許多狀聲詞，像鼓舞農忙的人們，無論多苦，為了三餐溫飽，還是要打拚下去。

我不禁想，每天得洗十幾個人的衣服，煮三餐、忙農事，一肩扛下家庭重責的阿婆，是否有過放棄的念頭？又是什麼支撐她堅持下去？

屬狗的我，喜歡被照顧多於照顧別人，若換作是阿婆的角色，恐怕無法堅持下去。一邊照顧孩子一邊寫作的我，對比阿婆的勞動生活，可說是相當幸福且幸運的。儘管如此，我還是嚷嚷過不要寫了，或懊悔生下孩子，以至於沒有自己的時間。所幸這些念頭都不長久，在顧孩子和做家事的餘暇，慢慢敲下一字一句，努力在孩子與寫作之間找到平衡。

帶大三代孩子的阿婆，常自豪說，她做「阿太」了。彷彿看著孩子長大，一切辛苦便值得。做不到這一點的我，非常佩服像阿婆這樣，願意為他人辛勞，如牛一般的人物。或許因為阿婆的緣故，在諸多生肖中，我特別喜歡屬牛的人。

附記：〈牛犁歌〉的填詞者為許丙丁（一八九九—一九七七），他出生於日本時代，兒時喜歡去廟裡聽人講古。在大正九年時，考入台北警官練習所特別科，訓練三個月後以總督府巡查身分成為台南州巡查。任職警務人員時期因愛好南管音樂，加入「桐侶吟社」，並組織「天南平劇社」推廣該類型音樂。戰後，曾擔任議員。這段期間，他根據南管古調填詞成台語流行歌曲，除了〈牛犁歌〉外，還有〈六月茉莉〉、〈卜卦調〉等歌曲。

輯五　細妹

懶尸嫲懶尸妹

我從小就討厭早起。幼稚園時，娃娃車到門口了，我還賴在爸爸的床上。阿婆在房門口大聲喊：「趕快起床，娃娃車在樓下等了。」我緊抓棉被賴皮道：「我不要上學。如果要上學，我要帶棉被一起去。」爸爸從枕頭上起身，說：「媽！才幼稚園而已，一天不上沒關係啦！」聽到爸爸幫我說話，我放心的把頭埋回棉被堆裡。阿婆嘆一口氣，轉身走開。

上小學後，不能再賴床。那時，阿公阿婆在家門口擺攤賣煎餃，現包現煎，遇到上班上課的人潮，非常忙碌。阿公總要抽時間上樓叫我起床，他的大手敲著房門喊：「好䟘了[4]！上課囉！」「好啦！」我從被窩裡擠出聲音。「好還毋䟘？」阿公的聲

4 䟘：起床。

音帶著怒氣。我趕緊坐起身，說：「趴了啦！」阿公透過花窗，看見我坐在床上，才放心下樓。一見到阿公走了，我倒頭就睡，心裡盤算：「再睡一分鐘就好。」誰知道，夢裡一分鐘，現實卻過了半小時。阿公見我沒下樓，再次上樓，發現我竟還在睡，一怒之下，用力推開房門，大聲怒吼：「妳這懶尸嫲！樓下恁無閒，還要上來喊妳，七點了，妳上課赴毋著[5]，佢正毋要睬消妳[6]！」

我轉頭看著掉在地上的鬧鐘，果真是七點。我跳起來，換衣服、刷牙洗臉。最後一關是要扒完流理台上阿公裝好的滿滿一碗飯。「忒大碗了[7]！佢食毋忒[8]。」我拿起筷子，一副快哭的表情。「無食朝[9]仰做得[10]？遽遽食[11]！一下阿公載妳去。」阿公說完，倒了一大碗白開水放在我面前。我含著眼淚，一點菜，一口白飯，再吞下一口開水，好不容易吃光光。背起書包下樓，阿公已經發動好摩托車，等著載我去學校。

有一次，電視機裡播放歌唱錄影帶，出現一個穿小禮服的女孩，正在演唱一首客家歌，她用清亮的嗓音邊唱邊跳：「懶尸嫲懶尸妹[12]，朝朝睡到日頭晒壁背。講到做衫佢也會，做个衫來像布袋；講到做帽仔佢也會，做个帽仔像鍋蓋；講到做鞋佢也會，做个鞋來像蟾蜍嘴。」（懶惰女懶惰妹，天天睡到太陽晒牆壁。說到做衣她也會，做的衣服就像布袋；說到做帽子她也會，做的帽子就像鍋蓋；說到做鞋她也會，做的鞋子就像蟾蜍嘴。）旋律輕快反覆，歌詞也挺有趣的，我跟著哼了幾句。坐在一旁的阿公突然大笑，說：「這歌就講妳啊！」「偓正無恁樣！」我生氣的嘟起嘴。「做得吊三斤豬肉了！」阿公指著我的嘴笑得目汁都流下來了。

長大後，到外地念書、工作，靠手機鬧鐘叫我起床。幾次不小心睡過頭，立刻爬起來刷牙洗臉，那首歌的旋律就會冒出來，像在嘲笑我般唱著：「懶尸嫲懶尸妹，朝朝睡到日頭晒壁背……」只是，這一次，我得自己趕赴要去的地方。

5 赴毋著：趕不上。
6 毋要睬消妳：不理妳。
7 忒大碗了：太大碗了。
8 偓食毋忒：我吃不完。
9 食朝：吃早餐。
10 仰做得：意指怎麼可以。
11 遽遽食：趕快吃。
12 懶尸：懶惰。嫲：雌性之物，此處指女人。妹：泛稱年輕的女性。

細妹恁靚

小時候，我愛跟著阿公阿婆去喝喜酒。喜宴場地大多在路邊，寶藍色棚子沿馬路搭蓋，長長棚子像臨時隧道，占據半條馬路，只供新郎新娘的家族親友通行。圓形紅桌上鋪著紅色塑膠布，如巨型花朵開滿棚下。入口的另一端是臨時舞台，舞台鋪設棗紅色地毯，地毯邊緣脫線，有的地方沾黏去不掉的汙漬，最新最亮眼的地方是舞台背板，懸掛霓虹燈蜿蜒的「囍」字。

大夥兒聚集在入口處圓桌邊，桌面上有一只長方形淺口鐵盤，鋪滿花生糖粉，一旁則是鐵桶裝盛的客家粢粑，熱呼呼的還冒著煙。做粢粑的阿伯站在桶邊，拿起長竹筷，把粢粑斷成一大團放上糖粉。圍聚桌邊的大人們，再各分一小團，把免洗筷交叉成剪刀狀，剪下恰好入口的大小，沾沾糖粉放進嘴裡。動作必須迅速又不失禮貌。我只是孩子，無須顧慮大人的顧慮，只要舉起筷子，把眼前剪好的粢粑，一口一口塞進嘴裡。為了能吃更多粢粑，個子高過桌子後，我學會用免洗筷把粢粑剪成剛好的大小，不需仰賴大人們的協助。當阿公阿婆入座，開始吃第一道涼拌拼盤，我依舊駐守在粢粑桌，一個人悠閒自在的吃粢粑。

直到舞台音樂響起，台上出現穿著華麗的主持人，我才願意入座。其實，舞台上的阿姨唱歌未必好聽，但閃亮亮的衣裙總深深吸引著我。螢光粉、金黃或大紅，色彩炫目亮眼。有的如芭蕾舞衣，裙子短而蓬；有的僅穿胸罩和三角褲，垂掛金黃色流蘇，微微遮住重點部位和腰間肉，露出肥滿雪白的腿。阿姨賣力扭腰，在舞台上跳著恰恰，以撒嬌般的嗓音唱：「細妹恁靚，細妹恁靚，就像那一枝花……」對不足十歲的我來說，流蘇搖搖，薄紗朦朧，真是迷人極了。彷彿一穿上去，就能成為公主。我羨慕的望著台上的阿姨，不只我，幾乎全場的阿公阿伯阿叔都被她吸引，連阿公也盯著舞台處看。平時，我若穿無袖衣服，阿公絕對會罵我，叫我去樓上換一件。但在這樣的場合，台上穿著裸露的阿姨不會被任何人指責，用聲音和身體炒熱場子，讓台下所有人為她鼓掌。阿姨感受到觀眾灼熱目光，跳得更起勁，流蘇晃動，反射金光。間奏時，她步下舞台，邊唱邊往人群中走去，手中無線麥克風突然遞給身邊的阿伯，只聽見阿伯接著唱：「紅花有那葉來遮，細妹仔恁靚愛麼誰？」阿姨迅速把麥克風拿回嘴邊，打情罵俏說：「我不知啦！」觀眾情緒來到高潮，所有人齊聲合唱。除了學校朝會唱國歌，我很少看見一首歌有這麼多人合唱。

這首歌的歌名是〈細妹恁靚〉，主唱是羅時豐，在他出這張專輯之前，唱的全是閩南語歌，因此，我一直以為他是福佬人。他曾在客家歌唱節目談起，因為客家歌市場比較小，過去大多唱閩南語歌。這張專輯我家也有，唱片封面上，除了國字外，還有以注音符號拼成的客語發音。不過，羅時豐版本的〈細妹恁靚〉僅有幾句客家話，大部分歌詞內容還是閩南語，這跟我在喜宴舞台上聽到的全客語版本不同。有次，我在客家電視節目上，看到羅時豐唱全客語的版本，有趣的是，他明明唱的是客家歌，但抖音和氣口，聽來卻像閩南語歌。

或許是這首歌混雜閩客的魅力，加上歌詞逗趣，旋律歡快，成為紅極一時的洗腦歌。每次吃完喜酒回家的路上，坐在摩托車前的我都會情不自禁哼唱「細妹恁靚」，腦子浮現金光閃閃的流蘇，玻璃絲襪包裹的肥美雙腿。我轉頭跟阿公說：「我長大也要穿阿姨那種亮亮的裙子。」「錐嫲[13]！」阿公大聲罵道：「著該種衫，毋知見笑[14]！」我翹起足以吊三斤豬肉的嘴巴，心想：「明明阿姨唱歌跳舞的時候，你也看得很開心。」但我沒說出口，不然回家得挨竹修仔。

再大一點，我漸漸不覺得那種表演服好看，反覺得俗氣。約是同時，我不再愛跟著阿公阿婆去喜宴。每次阿公問我：「要絡阿公去分人請無？」我都會找各種理由推託。成年後參加同學朋友的喜宴場合，往往在高貴華麗的飯店舉行。婚宴播放當季流行情歌，比如范瑋琪的〈最重要的決定〉或是蔡依林與陶喆合唱的〈今天妳要嫁給我〉，雖然好聽，但我還是懷念妖嬌閃亮的阿姨，扭腰擺臀唱著〈細妹恁靚〉，讓平時木訥嚴肅的阿公也露出難得的笑容。

附記：〈細妹恁靚〉的創作者是林子淵，苗栗頭份客家人，曾創作許多經典的國語流行歌。後響應一九八八年發起的「還我客家話運動」，於隔年創作〈細妹

13 錐嫲：錐，罵人笨蛋、白痴之意，「錐子」原指男性生殖器官。嫲，指稱女性。

14 毋知見笑：罵人不知羞恥。

恁靚〉，原唱為鄧百成，由羅時豐翻唱成閩南語版本，引發廣大迴響。在我的印象裡，這段時間出現許多客家流行歌，並發行伴唱帶。爸爸曾擔任過其中一首歌的伴唱帶男主角，只可惜家裡的錄影帶都不見了。

女人與小孩

「我不知道這個小孩怎樣憑空而來，他可能讓我告別長久以來的搖擺，帶他回來給他一個溫暖的家，每天晚上散一個小小的步，慢慢有人說那個小孩長得像我……」這首〈女人與小孩〉MV中，母親不時牽起女兒的手，眼神溫柔而寵溺。十五歲的我羨慕的看著螢幕上母女的互動，那是媽媽和我從未有過的親暱。從小到大，常有人說我長得像媽媽，每次照鏡子，總想在自己臉上找到媽媽的影子。

因為童年的缺憾，安古出生後，我請育嬰假，希望能好好陪伴他，不想錯過他成長的時光。「像我這樣的一個女人，以及這樣的一個小孩，活在世界上小小一個角落，彼此愈來愈相像，愈來愈不能割捨……」安古和我一樣有微微下垂的眉毛、無辜的眼神，小小的嘴和尖尖的下巴。每次闖禍或有所求，他會用一雙無辜眼睛望著我。那一刻，我總以為是撞見當年的自己。那個希望媽媽陪伴身旁的小女孩。

「我不知道這個小孩是不是一個禮物，但我知道我的生活不再原地踏步，陪他長大給他很多很多的愛，讓他擁有自己的靈和夢，因為一個小孩是一個神祕的存在……」照顧孩子的每一天都很相似，起床、喝奶、散步、睡覺，一再重複，但每天都有一點點不同。第一次長牙、第一次握筆在紙上塗鴉、第一次不需要尿布可以在馬桶上廁所，每件微不足道的小事，在我們的小宇宙迸裂火花。我用文字、照片記錄他一點一滴的轉變，有時臉書跳出幾年前的照片，才驚覺我們一起走了好長一段。

「像我這樣的一個女人，以及這樣的一個小孩，活在世界上小小一個角落，彼此愈來愈相愛，愈來愈互相依賴……」相伴的歲月裡，安古時常調皮、任性耍賴，我也曾因此失控發脾氣。我們在彼此面前展露最真實的自己。因為真實，所以依賴。正是意識到這一點，我想讓媽媽看見全部的我。從前一年見媽媽一次，我努力表現最好的一面，扮演一個好孩子，不若在阿婆面前那般自在。有了安古後，我練習向媽媽撒嬌，學著說出內心的話。

「我記得妳小時候很乖啊，怎麼長大變這樣？」媽媽某天突然對我說。儘管她未必喜歡，也許還需要很長時間的磨合，但我還是希望可以在她面前保持一點任性，保有一些自己。就像MV中母親輕輕撥弄女兒的頭髮，或像我跟阿婆緊緊擁抱親吻；最好，像安古在我面前那般肆無忌憚的撒嬌、耍賴。

我也不想這樣

廣播裡傳來王菲唱的廣東歌，雖然聽不太懂歌詞，但她動人的嗓音實在令人著迷。即使目的地已到，卻怎麼也不想下車，待在車上把歌聽完。

回到家後，在網路上搜尋王菲的歌曲。約是國中時，帶著好不容易存下的零用錢，在唱片行買下王菲的同名專輯《王菲》（一九九七）。專輯裡的歌曲〈你快樂所以我快樂〉、〈悶〉和〈人間〉，至今依舊不時會在廣播裡聽見。

整張專輯裡，我最愛的是由馬來西亞音樂人 Alex San（辛偉力）作曲、林夕作詞的〈我也不想這樣〉。由於買的是錄音帶，若只想聽某一首歌得倒轉磁帶，不但麻煩，而且通常必須調整許多次才能剛好調到那首歌。因此，我還是反覆播放整張專輯，像等待舞台劇主角般，等待那首歌的出現。

「忽然間，毫無緣故，再多的愛也不滿足。想你的眉目，想到迷糊，不知不覺讓我中毒。」王菲呢喃似的歌聲，傳達對愛情反反覆覆、起起伏伏的情緒。當時的我還沒談過戀愛，但已察覺自己內在對感情潛藏的不安全感。這可能跟童年父母不在身邊的原因有關，我和妹妹們接受不同人的管教，包括阿公阿婆叔叔姑姑，始終有種無依無靠的害怕。

等到真的談了戀愛，這種情緒變得更加強烈。經常這樣的，明明沒有什麼嚴重的事，卻忽然陷入無邊的谷底，懷疑對方是否愛自己。這種毫無來由的需索，造成彼此吵架、冷戰的源頭。「我也不想這麼樣反反覆覆，反正最後每個人都孤獨，你的甜蜜變成我的痛苦，離開你有沒有幫助？」在極度不安時，我習慣以逃避作為結束。

原以為有了孩子以後，一切都會好轉。畢竟，我也該長大了。某天，我邊整理家務邊叨念剛下班的伴侶，總是輕聲細語的伴侶突然大聲反駁，走進書房關起門來。我感到憤怒和不滿，走回寢室，大聲痛哭，像個受委屈的孩子。

安古走進房裡，一邊摸著我的背一邊哭著說：「媽媽，妳不要這樣，我最怕妳這樣了。」他抱抱我，懂事的坐在電子琴前，含淚彈著鋼琴說：「我彈鋼琴給妳聽，妳不是最喜歡聽我彈琴嗎？」在他的琴聲中，那些倔強、不安和狂暴的怒意，漸漸平息。

「對不起。」我對安古說。

「妳為什麼要跟我說對不起？」躺在身邊的安古問。

「因為，讓你看到這樣的媽媽，對不起。」

「沒關係。妳下次不要這樣了好不好？」安古說。我點點頭，從狂暴的獅子變成溫馴的小貓，蜷曲在他的身邊。這時，伴侶也走進房裡，無聲的陪伴我。

那天夜裡，我輕輕哼唱熟悉的旋律：「忽然間，很需要保護，假如世界一瞬間結束……」總要張開羽翼保護孩子的我，在夜裡打開他的小手，他的小手指簡直是我的縮小版，卻如此放鬆如此安定，在暗夜裡像星星照亮滿室的黑暗。

皮囊

「我燒……我開始燒……」安古跟著蕭敬騰飆高音，奮力嘶吼。偏愛節奏緩慢小調的我，以前很少聽蕭敬騰的歌。但安古不同，他鍾愛重音節奏、充滿力量的音樂。比如這首〈皮囊〉，就是他近日最愛唱的歌。

「oh 斷食的人們正隨風飄蕩，別再嘲弄那一口的飯量，oh Handsome 沒耐心抵抗力不強……」有押韻的節奏，描述現代人對外表的重視，著重外表不分性別，節食、整形成為一種日常。每個人都有屬於自己的「皮囊史」。從小長得又黑又瘦的我，三十歲前都屬不易胖的體質。想吃什麼吃什麼，小叔叔曾笑我：「給妳吃東西都浪費了。」意識到「胖」這件事，是在生下安古之後。我整整胖了二十公斤，產後站上磅秤，卻只少六公斤。換言之，剩下十四公斤仍牢牢依附在我身上。雙腿腫脹得不像話，連爬樓梯都十分吃力，讓我非常後悔把自己吃成這副模樣。

「端詳自己總是，充滿挑剔，面對鏡子化妝，掏出心臟……」望著鏡前腰間肥肉，什麼角度都拍不出滿意的自拍。我安排減重計畫。第一步是戒宵夜，懷孕期間愛上炸物，幾乎每晚都吃鹹酥雞、麥當勞等高熱量食物。「慾望飛奔，食物都塞進浴缸，壞蟑螂，毒老鼠，最後瘋狂。我燒，我開始燒，滅掉脂肪，像皮鞭抽在身上……」忍耐酥脆炸物的誘惑，不碰含糖飲料，每個懷著餓意的夜晚都是折磨。

然而，單靠食物減量，減重效果實在有限。我意識到除了節食，還得運動。從小排斥運動，厭惡流汗的我，不喜歡跑步的重複單調，也不愛球類競技的臨場壓力，能不動就不動，全身肌肉鬆垮，是名符其實的「肉雞」。在諸多運動裡，我東挑西揀勉強選一樣還算能忍受的——游泳。當時正值夏天，住家附近有座泳池，在冰涼泳池裡滑水，總好過在大太陽下跑步吧。只是，少女時代的泳衣早已穿不下，我買件尺寸較大的特價泳衣，開始水中修行。

每天得游五圈以上，我告訴自己。起初，兩圈就癱在池邊，剩下三圈在泳池緩步。持續一段時間，耐力增加，換氣也更順了。每次游完，有種完成一件事的快感，騎車回家時覺得身體輕盈許多。

然而，游泳的人並非皆身形緊實。尤其，熱氣蒸騰、人人手拿吹風機邊擦保養品邊抬槓的更衣室裡，多數是老人。身為泳池最忠實的顧客，她們身上肌肉卻不聽話往下墜，泳衣撐得像米其林。我想起年近六十的小姑姑，她說最近一天吃三、四顆蛋，澱粉減量。「我要減肥！我真的沒辦法接受照片裡的自己。」小姑姑說。坐在一旁八十多歲的阿婆，不以為然的回：「恁老了，肥有麼个關係？」只見小姑姑拚命搖頭，剛染的褐色頭髮遮不住初冒生的白髮，一臉倔強如少女，拚力抵擋時光毫不留情的強取豪奪。

「國色又天香，雙目被彌彰，這只不過是皮囊……」泳池邊的阿姨們和小姑姑，讓我領悟有些事不過只是時間早晚。某天，我也會步入她們的年紀。到時，我會如何看待這副皮囊？節食、運動也消不去的贅肉，無論擦多少保養品都抹不平的皺紋。厭惡？接受？或更激烈點，選擇迢迢無盡的整形路？此刻的我還沒有答案。

儘管目睹身體髮膚終究傾頹、毀壞，我依舊對這副皮囊斤斤計較。「到底是誰，嫉妒是誰，崇拜什麼，失去智慧……」臉書、IG上，四十幾歲的網紅看來只有二十歲。某某同學明明生過孩子，跟孩子的合影卻像姊姊般。但誰都知道，角度可以調整，美肌功能足以遮蔽缺陷。

即使發現衰敗，也沒有人會故意戳破。「怎麼都沒變？」相片底下留言讚美永遠比實話多。好不容易拍下滿意照片，上傳臉書，我也愛享受被稱讚的虛榮。唯有親近姊妹私下吐「真言」：「最近變胖了後！」

「外表不重要。」有人信誓旦旦說。可惜我們的目光早已受流行廣告和雜誌模特兒影響，恨不得天生瓜子臉，身形像紙片隨風飄蕩。〈皮囊〉創作人曲世聰寫得多好：「這只不過是皮囊。」何必太過在乎苛刻自己？蕭敬騰在歌曲後半反覆飆高音：「我燒……我開始燒……」最後吶喊：「格格不入，我們都需要皮囊。」

也許我們嚮往的，永遠是那副不屬於自己的皮囊。

短髮

在鏡子前看見燙了三小時的成果時，內心浮現的不是期待中的欣喜，而是對新髮型的種種不適應。它與我給設計師的照片大不相同，捲度過於明顯，連瀏海也像一輪蛋捲。設計師似乎看出我的疑惑，她用慵懶低沉的嗓音說服我：「比照片上的捲一點點，每個人的髮質不同，燙出來的效果當然也不一樣。」既然選擇燙了，就要勇敢接受，我告訴自己。然而，每次洗頭吹整、早上起床抹髮油時，我不只一次感到懊悔：為什麼要花錢花時間「整」自己呢？

天生自然捲、髮質粗硬，加上生性懶惰的我，一直以來都留著一頭長直髮。優點是好整理，起床後隨意梳一梳頭髮就完事。但同樣的髮型久了，容易感到無趣。因此，每隔一段時間，就會萌生想要換髮型的念頭。一旦動了念頭，開始時不時上網搜尋喜歡的髮型，甚至連走路也不專心，隨時啟動雷達偵測大街上美麗的髮型。

無論是浪漫的捲髮或俐落的短髮，都不是我可以駕馭的髮型。我卻還是像薛西弗斯一樣，永無止境重複著同樣的行為。一次次嘗試新造型，卻總是失敗，只好再花上大把時間把頭髮留長。好不容易回復成原來的髮型，又忘掉過去的教訓，再一次選擇變髮的不歸路。

變髮，除了愛美的天性，有時也伴隨其他念想。國中時，為了斬斷「情絲」，將留至耳下的學生頭，剪成俐落的男生頭。當時，班上有個同學喜歡我，其他同學常在旁鼓譟，有一次甚至把我們倆單獨關進教室裡，我因此挨了老師一頓罵。〈短髮〉這首歌正當紅，頂著一頭俏麗短髮的梁詠琪，用純淨而略帶港腔的聲音唱：「我已剪短我的髮，剪斷了牽掛，剪一地不被愛的分岔。長長短短，短短長長，一吋一吋在掙扎。」一放學途中，我騎著腳踏車哼唱這首歌。腦海浮現一個念頭，不如剪成男生頭，換一副模樣，說不定對方就會不喜歡我，說不定就可以解決一切困擾。就這樣，我騎到一間髮廊，請設計師幫我把頭髮削短。我望著長長短短的頭髮，一吋吋墜落至地面，如梁詠琪所唱的：「我已剪短我的髮，剪斷了懲罰，剪一地傷透我的尷尬。」我帶著揮別過去的決心，頂著一頭短髮回家。

除了家人與同學短暫驚訝的眼光外，剪男生頭並未改變我的處境，反而增添其他困擾。比如有次走進女廁，聽到幾個女生竊竊私語談論著我：「『他』是不是走錯廁所？」羞紅臉的我只得趕緊逃離現場。

另一次把頭髮剪短，是四年前決定寫長篇小說的時候。我帶著發願的情懷剪去長髮，希望小說也能跟著剪短的髮絲一點一滴增長。看著設計師拿起銳利剪刀，在我頭頂上嘩啦啦毫不留情削去髮絲。剪到一半，過去剪男生頭的困擾不斷湧現，讓我突然有臨陣脫逃的衝動。但我什麼也沒做，只是眼睜睜看著頭髮越來越短。

結果，要照顧孩子已沒有太多時間寫作的我，為了整理隨意亂翹的短髮耗費更多時間。洗過頭、吹乾頭髮後，用設計師推薦我的「直髮造型器」，一遍遍把張揚的自然捲夾順。還好，小說最終完成了，否則我一定恨死自己。我的短髮經驗不同於梁詠琪所唱的，每次變髮後，尷尬的不是落在地上的頭髮，而是依舊懷著掙扎心情，不能適應的自己。

拜年

每到過年，最期待的除了領紅包外，就是穿新衣。每間店家輪番播放幾首琅琅上口的過年歌曲，比如〈恭喜恭喜〉、〈財神到〉，還有歌詞描寫穿新鞋新衣的〈拜年〉：「小妹過年真高興呀，換上新鞋穿新衣，從頭到腳打扮好，上街去拜年，喊嘚隆咚鏘咚鏘，上街去拜年……」過年要穿的新衣得早早準備好，在除夕這天換上。新年穿的新衣和平時買的衣服不太一樣，平時穿的衣服是阿婆去菜市場買的連身休閒服，上衣大多是某個卡通人物或熊熊、綿羊這類可愛動物，這些衣服只求便宜舒適，沒什麼特殊設計。過年穿的衣服通常顏色鮮豔，最好帶點大紅色，下身常是公主裙這類漂亮衣服。

接近新年時，爸爸會特地帶我們去買新衣。某年，他開車載繼母和我們三姊妹去一間知名連鎖童裝店。窗明几淨的童裝店，櫥窗前放著孩童塑膠模特兒，男生穿著格子衣配吊帶褲，女生穿連身裙。看地上的標價，每件都千元起跳，爸爸卻毫不猶豫推開服飾店的玻璃門。服飾店小姐起初有點冷漠，覺得我們只是看看不會買。她的態度激起爸爸的好勝心，叫我們各挑一套去試穿。繼母為妹妹們挑選和模特兒同款連身澎澎裙。我年紀大妹妹許多，自己挑了件蕾絲上衣，搭配格子裙。在試衣間裡，我偷看標牌上的價格，心裡不免擔心：「這麼貴的店，爸爸有錢付嗎？」走出試衣間，看見鏡子裡穿上新衣的自己，可以明白仙度瑞拉在仙女的法術下，身上破舊衣衫忽然變成華麗禮服的驚訝與喜悅。即使如此，我仍然忐忑的望著爸爸，爸爸卻擺出一副絕對沒問題的模樣。

服飾店小姐見狀，收起冷淡表情，熱情的向爸爸介紹童鞋：「有興趣再帶一雙鞋子嗎？有喜歡都可以拿尺寸試穿喔。」服飾櫃下方擺著幾雙鞋子，絨毛短靴、低跟鑲著寶石的娃娃鞋，以及紅色絨布製的平底鞋，上面交錯略粗的彈性綁帶。繼母低聲對爸爸說：「好了啦。」爸爸卻似沒聽見，指著平底鞋說：「這雙不錯看。她們三個的尺寸都有嗎？」「爸爸眼光真好，這雙是我們品牌為了配合過年出的新款。」服飾店小姐蹲下來打開矮櫃，看著我們的腳形，尋找尺寸。

她很快替妹妹找到剛好的尺寸，但我需要的尺寸較大，她怎麼也找不到適合的。只好拿出這一款最大的尺碼，對我說：「這是最大的尺寸了，要不要穿穿看？」我把腳擠進鞋子裡，大拇指頂到鞋子前端。爸爸見我們三人套上同一款鞋子，滿意的點頭。繼母看我表情怪怪的，問：「可以穿嗎？」我雖然覺得這雙鞋長得不怎麼樣，尺寸又過緊，但因為想和妹妹穿同樣的鞋子，儘管有點勉強，我還是假裝沒事對繼母說：「可以。」

最後結帳，爸爸掏出一疊千元鈔票，數算後拿給服飾店小姐。走出門口時，他吐了吐舌頭，對繼母說：「好險，差點就不夠了。」繼母拍一下爸爸的手臂，又挽起他的手往車子走去。爸爸老是這樣，身上有多少錢就花掉多少，每次都讓我們心驚膽跳。但手提著那袋名牌新衣新鞋，我還是好開心，盼望除夕那天趕快到來。

過完年，平底鞋變得更緊，我穿過一兩次就沒再穿了。每次過年，在不同商店街聽到〈拜年〉歌，就會想起那年爸爸帶我們去買新衣，以及那雙姊妹同款的過緊平底鞋。從前覺得普通的鞋子，在回憶裡卻顯得十分特別。幾次在鞋店尋尋覓覓，卻遍尋不著一雙相似的鞋子。

附記：我所聽到的〈拜年〉是林淑容演唱的版本，但這首歌最早其實是男女對唱的歌曲。一九三八年，嚴華改編東北民歌寫成〈新對花〉，由嚴華、周璇合唱，風靡上海。一九五五年，改編成〈歡樂年年〉電影歌曲，由林黛、嚴峻對唱，中間有一段口白，描寫男女相識求愛的過程。一九六一年，被國民黨政府列為「查禁歌曲」，原因是「文詞粗鄙，輕佻嬉罵」，然而卻不減這首歌在民間受歡迎的程度。一九六四年，莊啟勝改編成台語歌詞的〈歡喜過新年〉，由文鶯、黃三元演唱，歌詞中依舊保留「嘁嗆隆咚鏘咚鏘」鮮活狀聲詞。

雞公相打胸對胸

那時，電視台只有三台。每到晚上七點，阿公和阿叔會守在電視機前看新聞。還是孩子的我一點也不喜歡看新聞，阿婆就帶著我和妹妹們出門散步。有時去鄰居家串門子，有時到新開的賣場逛一逛，有的時候，不知道可以去哪裡，於是穿越一條馬路，到對街的土地銀行。

土地銀行早已打烊，鐵門緊閉。街道上，只剩幾盞路燈和偶而行駛過的車輛，點亮漆黑的夜。銀行大門前有一塊約半坪大小的階梯，阿婆一屁股坐上階梯，背倚著牆，叫我們姊妹輪流唱歌給她聽。石板階梯搖身一變成舞台，個性活潑的大妹第一個上台。七歲的她學芭蕾舞一年，一上台就踮起腳尖，轉了一圈，把會唱的歌全唱一遍，火車快飛、一閃一閃亮晶晶，還有妹妹背著洋娃娃，邊唱邊搭配自編的即興舞蹈。小妹不知何時也走上台，學著大妹的動作，但總是慢一拍。阿婆和我在一旁跟著節奏打拍子，不時因為小妹滑稽又可愛的模樣，笑得東倒西歪。

十一歲的我唱壓軸。我覺得自己長大了，不想再唱兒歌，先唱一首同學教我的〈蘭花草〉，再唱大姑姑教我的〈海鷗〉。這些「大人歌」歌詞很長，我老是記不住，忘詞時要不唏哩呼嚕帶過，要不乾脆竄改歌詞，反正阿婆和妹妹們也不知道。不管我唱了什麼，在離開前，阿婆一定會要我再唱一遍那首歌。

「哎呦，逐擺唱這條！」我抱怨著。「再過唱一擺就好！」阿婆露出期待的表情。那首歌，我是從一卷客家錄影帶學的，不知道歌名，只記得其中幾句，但阿婆就是喜歡聽我唱。應「觀眾」要求，我只好再唱一遍：「雞公相打胸對胸[15]，牛牯相鬥過壟，皇帝相打爭天下，阿妹相打爭老公。」一唱到「阿妹相打爭老公」，阿婆笑得連目汁都流下來。我紅著臉說：「有麼个好笑？偓正毋會為到爭老公相打！」阿婆忍住笑意回：「到時就知了！好啦，恁暗好轉了！」說完牽起小妹的手，我們一起往家的方向走去。

15 雞公相打胸對胸：描摹公雞打鬥時的模樣。

「笑擁江山同築夢，醉看清風入簾瓏……」一踏進家門，就聽見高勝美甜美清亮的嗓音，正在唱著《一代皇后大玉兒》主題曲〈笑擁江山夢〉，立刻跑到電視機前坐好。坐在藤椅上的阿公和阿叔正在鬥嘴，阿婆見了搖搖頭，走進廚房切水果。看了許多集，我發現，多爾袞爭天下，其實是為了爭大玉兒。而真正得天下的不是多爾袞，反而是大玉兒。我在心底決定，下次阿婆若叫我再唱那首歌，我要把歌詞改成「皇帝相打爭阿妹，阿妹毋須相打就得天下」。這麼想時，阿婆端出一盤黃澄澄的芒果，見阿公和阿叔吵不停，把一塊芒果塞進阿公的嘴巴裡，罵：「恁會吵，偃看，這嘴拿來食東西較贏！」阿公邊嚼邊說：「哪位[16]買的？恁甜！」接著繼續吃第二塊芒果，彷佛忘記剛剛相吵的事。

16 哪位：哪裡。

輯六　憶情

牛嫲帶子落陂塘

我出生的時候，家鄉已經沒有牛了。儘管，在熱鬧的車站大街外，還有大片稻田，處處陂塘，但農夫改用農用機具取代牛隻耕作。

對「牛」的印象，我大部分是聽來的。不吃牛的阿公說，牛是最有靈性的動物。他的二弟，我的二叔公，大家都說他憨，牛卻最聽他的話。兒時牧牛，二叔公趴在牛背上，靠在牛耳邊說話，叫牠趴下就趴下，叫牠起來就起來。

阿婆曾唱一首客家歌：「日頭落山一點紅，牛嫲帶子落陂塘[17]。哪有牛嫲毋惜子？哪有阿妹毋戀郎？」我想像，夕陽西下時，耕作完的母牛帶著小牛，一前一後走進陂塘裡。聽了歌的我吵著要看牛。「這下哪位還有牛？」阿婆搖搖頭說。「阿公下

17 牛嫲帶子落陂塘：牛嫲，乳牛。陂塘，池塘。整句意為「母牛帶著小牛走入池塘」。

禮拜帶妳去看牛！」阿公拍胸脯保證。「你講真識[18]的？」我開心得跳起來。

好不容易，到了「看牛」的日子，阿公阿婆和我搭上遊覽車，跟著阿公的紡織廠同事一起去中部的農場。遊覽車往山上行，容易暈車的我，趴在阿婆的大腿上，不時問：「到了無？」阿婆輕輕拍著我的背，說：「會到了[19]。」搖搖晃晃間，不知不覺睡去。

不知過了多久，阿婆拍拍我的背，喊：「到了！」我爬起身，揉揉惺忪睡眼，手攀著車窗，看著窗外一望無際的草原，卻沒看到半隻牛。「牛仔哪位？」我問。「可能要行到該頭。」阿婆指著草原盡頭說。我們下車，往草原另一頭走去。青青草原上，到處都是一坨坨牛糞。走不到一半，我就不肯再走，癟著嘴說：「好多大便，我不敢走。」「講要看牛的係妳，這下毋要去的也係妳！」阿公不理我，硬是拉著我往前走。我邊哭邊走，跨過大半個草原，終於看見幾隻白底黑斑的乳牛。被滿地牛糞嚇到的我，一點也開心不起來。再說，我想看的，不是只會低頭吃草的乳牛，而是會耕種又愛泡澡的水牛。

還有一次，爸爸開車載我和妹妹們去鄉下。我看著窗外翠綠稻田發呆，一個灰黑身影在田間閃動，我打開車窗，興奮的喊：「是牛！」妹妹們順著我手指的方向看去，紛紛驚呼：「牛！」「真的嗎？」爸爸也興奮起來，車速減緩靠向田邊。只見田裡的影子緩緩站起身看向我們，啊！眼前的哪裡是牛，而是一個戴斗笠的農婦。她全身穿著土黃色衫褲，彎腰在田裡工作的身影，被我錯看成牛。爸爸不好意思加速駛離現場。妹妹和我忍不住大笑起來，突然，爸爸嘆口氣說：「我還真以為有牛呢！以前田裡，有好多牛，現在都看不到了。」

過了許多年，阿公和爸爸都不在了，鄉裡的稻田和陂塘也漸漸消失，重劃為建地。還是沒見過耕牛的我，途經僅存的農田，總忍不住多看幾眼。

18 真識：真的。
19 會到了：快到了。

阿啾箭

電視新聞出現一段畫面，背景竟在我居住地附近，標題寫著「繁殖期太敏感　烏秋街頭襲擊」，只見一個女孩騎單車經過房子和稻田間的馬路，一隻站在電線桿上的烏秋，突然俯衝而下，伸出爪子攻擊。記者採訪被烏秋攻擊的女孩，她心有餘悸的說：「嚇我一大跳。」烏秋體型不大，全身烏黑，尾巴末端如魚尾分岔，領域性極強，尤其一到繁殖期，為了保護雛鳥和鳥巢，會攻擊經過的人類或更大型的鳥類。

烏秋，客語稱阿啾箭，阿婆說過，農村時代，阿啾箭最愛站在牛背上覓食。牠抬頭挺胸站在牛背上，神氣的東張西望，彷彿在看牛般。阿婆教我一首和阿啾箭有關的童謠：「阿啾箭，尾砣砣[20]，無爺無哀跈叔婆[21]。叔婆呢？掌牛咧。牛呢？賣忒咧。錢呢？錢呢？討餔娘咧。餔娘呢？走掉了。」童謠採一問一答，節奏明快，內容卻有點悲傷。阿啾箭從小無父無母，跟著叔婆。叔婆在哪？在看牛。牛呢？賣掉了。錢呢？討老婆了。老婆呢？老婆跑掉了。我比阿啾箭幸運，雖然父母不在身邊，至少我還有阿公阿婆，不像阿啾箭只能跟叔婆。

另一首跟阿啾箭有關的童謠，不知為何，也帶著一股淡淡的惆悵。「阿啾箭，阿啾唧，你姊婆[22]，做生日，到底要分倨去，也不分倨去，害倨打扮兩三日。」「阿啾唧」是仿擬阿啾箭的叫聲。姊婆即外婆，阿啾箭的外婆過生日，我打扮了兩三天，卻不知究竟要不要讓我去？

每次念唱這首歌謠，就會想起外婆。小時候，外婆非常疼我。三歲前，媽媽把我托給外婆帶，那時，舅舅們還未娶妻，外婆家只有我一個孩子。除了晚上回家睡覺外，我幾乎都跟著外婆。爸媽離婚後，爸爸不准我和外婆見面。有一次，阿婆帶我去小鎮媽祖廟拜拜，我遠遠瞧見外婆，雙手張開，不停哭喊：「我要姊婆！」外婆遠遠

---

20 尾砣砣：指尾巴垂垂。砣，指下垂的物體，如秤砣。

21 爺哀：指父母。

22 客家念謠因為傳唱的緣故時有不同。「你姊婆」亦有做「上屋叔婆」或「上背叔婆」，「上屋」、「上背」都意指地勢較高的地方。無論是姊婆或叔婆都是指年紀較高的長者，在物資較為缺乏的年代，長者過生日都格外隆重，家中會準備平常吃不到的大菜，讓孩子們特別期待。

看著我，舉起手想走來抱我，卻又把手放下，佇立在原地。阿婆不管我奮力擺動雙腳，硬是抱著我往回家方向走去。外婆的身影越來越小，最終消失於人群中。

幼稚園畢業典禮，因為老是記不熟舞步，我被老師安排在舞台最後一排。起初，我跟著前排同學跳，跳著跳著，我發現一雙眼睛在台下盯著我。黑暗中，那雙細長的眼睛，笑得彎彎的，像月牙般發光。是外婆。她眨眨眼，彷彿說：「姊婆來看妳了喔。」我訝異又開心，忘記擺動手腳，傻傻站在舞台上看著外婆，直到整首歌結束。同學一一走下台，我仍站在原地。老師喊我的名字，我這才發現偌大舞台上只剩我，我趕緊跑下台，外婆卻不見了。

幾年後，小舅舅娶妻，小舅媽生下大表妹。外婆很開心，整天帶著大表妹，像從前帶著我一樣。此後，外婆嘴上全是表妹，表妹會走路了，表妹會叫阿婆，表妹如何如何。餐桌上的菜全是表妹愛吃的、能吃的。比起表妹是內孫，我只是個父母離婚的外孫，外婆還會愛我嗎？我在內心裡嫉妒又不安的揣度著。

再後來，外婆家改建，外公外婆暫時搬去台北和小舅舅同住。一年後再見，外婆坐在客廳沙發上，緊抱一歲大表弟，對我淺淺一笑。「叫姊婆啊！」媽媽催促。「姊婆。」我喊。「乖。」外婆說完，把表弟交給媽媽抱，走進房拿出童裝店紙袋，遞給我說：「試著[23]看。」我打開袋子，是一件粉紅色洋裝，胸前腰部裝飾蝴蝶結。

「媽！她都國中了，還買童裝，不適合啦！」媽媽皺眉說。雖然，青春期的我也覺得童裝幼稚，但心底卻有種說不出的喜悅。我換上洋裝，裙子果然稍短了些。外婆見我穿上，臉上浮現開心的笑容。我想，外婆一定也期待著，和我見面的這一天。

23 試著：試穿。

昨日重現

家裡一樓曾是牛排館，門是深褐色玻璃，推開門，門上鈴鐺會發出叮叮的聲響。木作吧檯就在中央，吧檯下方用木頭切片排成「楓林」二字。上小學前，我整天都在牛排館裡混。我常爬上吧檯邊的高腳椅，高腳椅有圓弧形把手，坐墊和靠背處是塑膠皮做的軟墊，坐起來相當舒服。音響常播放西洋歌曲或民歌，木匠兄妹的〈昨日重現〉（Yesterday Once More）就是最常播放的歌單之一。當時的我聽不懂歌詞的意思，只會跟著哼：「Every sha-la-la-la, Every wo-o-wo-o...」並跟著旋律轉圈，時快時慢，把自己也轉成一片唱盤。楓林牛排館的記憶，就這麼被封存在這首歌裡。每當我不經意聽到這首歌，高掛的電視機、實木桌和藤椅，木作壁櫃裡擺著銅製裝飾品，它們的身影隨音符重現。

有段時間，最常來的客人是高個子阿姨。她長得很高，比爸爸還高，身材壯壯的，頂著一頭俐落短髮。她的聲音宏亮，像個大姊頭。高個子阿姨喜歡爸爸，經常開店就進門，一直坐到打烊。無論爸爸在不在店裡，阿姨都會在接近中午的時間走進牛排館，點一客牛排、一杯黑咖啡，坐在電視機前的椅子上等待。無聊時抬頭看看電視，店裡忙碌時，她還會幫忙端盤子、招呼客人。高個子阿姨常裝作無事問我：「爸爸呢？還在睡覺嗎？」倘若我搖頭，她會問：「妳知道他去哪裡了嗎？」她狀似隨口問問，我卻從她的大眼睛裡看見深深的依戀。

好幾次，見高個子阿姨坐在那等待爸爸時，我有股衝動想跑去她面前，大聲說：「爸爸是我的。」天蠍座嫉妒心作祟，我不希望爸爸身邊出現媽媽以外的女人。但同時，極度渴望母愛的我卻又常在爸爸身邊的阿姨中，尋找和媽媽相似的影子。瓜子臉、身形纖細，搭配一頭直長髮。當眼前的「阿姨」有點像媽媽，我會變得害羞、不知所措，渴望「阿姨」也會愛我。可惜，高個子阿姨不是爸爸喜歡的那一型，否則她也會為了爸爸而疼愛我吧？

十點打烊，高個子阿姨離開，爸爸坐在最靠近吧檯的藤椅上若有所思。唱盤再度來到 Yesterday Once More，我跟隨旋律在高腳椅上旋轉。歌曲終了，牛排館安靜下來。這份安靜讓爸爸回神，意識到我還在。

「該上樓睡覺了吧。」爸爸說。我跑到他身邊，親一下他的臉頰，說：「古耐，爹的。」這是爸爸規定的睡前儀式。像打勾勾一樣，讓我們彼此知道，我們屬於彼此。上樓前，我在門縫裡，偷看爸爸的背影、空蕩蕩的椅子和貼滿楓樹皮的牆壁。跟昨天一樣。確認完，我安心上樓，回到阿婆房間。

某天，高個子阿姨不再出現。獨自在牛排館徘徊遊蕩的我，望著電視機前的椅子，想起她高高壯壯的背影。爸爸待在家的時間越來越少，乾脆把牛排館交給叔叔打理。國小六年級，小鎮平價牛排館多了好幾間，楓林牛排館結束營業。

後來，我偶而會在西餐廳或咖啡店，聽見熟悉的旋律：「Those were such happy times and not so long ago. How I wondered where they'd gone...」（那真是一段快樂的時光，就在不久之前，我不知道它們到哪裡去了……）隨著磁性的嗓音與節奏，屬於過去的零件一一歸位：楓樹切片排成「楓林」二字、高掛在天花板的電視機和高個子阿姨模糊的背影。曲終前，我終於看見，昏黃燈光下，爸爸依舊坐在那張藤椅上，等待我向他說晚安。

打粄歌

小時候，阿婆會坐在藤椅上，雙腳併攏，翹起腳背，叫我坐在她的腳上。我跨坐上去，她抓著我的手，舉起腳，念唱〈打粄歌〉：「挨礱批波，打粄[24]唱歌，人客來到，沒凳好坐，坐到雄雞膏[25]。」每念一句，雙腳隨之上下起伏。最後一句，聲調拉高，動作最大。這首念謠的歌詞很有趣，我很快就記住。挨礱是轉動礱去穀殼，因為螳螂前腳的動作像「挨礱」，客語稱螳螂為挨礱批波。磨好米漿開始打粄，邊打粄邊唱山歌。客人來了，沒凳子可坐，一屁股坐到公雞大便。

每次念唱這首歌謠，就會想起舅婆家。舅婆家是三合院，左側邊間是廚房，廚房裡有一個大灶。我喜歡去舅婆家，其中一個原因是舅婆煎的蛋特別好吃。舅婆家的蛋

24 打粄：做米製糕點。
25 雄雞膏：公雞屎。

不同於家裡的白雞蛋，蛋殼是鵝黃色的。舅婆燒柴，在大鐵鍋裡澆入一匙油，打顆雞蛋，在蛋黃裡灑點鹽巴，起鍋時再淋些醬油。煎蛋周圍金黃香酥，帶著柴燒的香氣，美味無比。還小的我問：「為什麼舅婆家的蛋那麼好吃？」「因為是公雞下的蛋啊！」舅婆的小女兒笑著說。我信以為真，每次到舅婆家，都吵著要吃「公雞蛋」。

舅婆家的大灶特別好用，過年過節，我們會特地到舅婆家做粄。家裡的廚房不夠大，用的是瓦斯爐，蒸不了幾個粄。做粄要先「挨粄[26]」，把米和水用石磨磨成米漿，米漿過濾後，用大石頭壓乾水分。再放進大鐵盆裡，大力搓揉，加入不同調味和餡料，做成紅粄、發粄和菜頭粄。其中，我最喜歡做紅粄。製作紅粄需要木製的壓模，有龜形和桃形，紅粄包上綠豆沙，搓成圓球狀，抹一點油，放進壓模裡，上下一壓定型。龜形紅粄上印有仿龜殼的六角紋路，桃形的紅粄則像一顆水滴，印著「壽」字，象徵吉祥長壽。把定型後的紅粄放進竹製蒸籠裡，放入大灶炊熟就大功告成。孩子的我最期待打開蒸籠的那一刻，剛蒸好的紅粄散發迷人的甜香，舅婆用長長的竹筷，夾出一個放進碗裡給我吃。熱騰騰的紅粄黏在牙齒上，和著綠豆沙的甜，一起融化在齒間。打粄需要很長的時間，一大早去，往往要待到晚上才能做好。在熱氣蒸騰的灶下裡，忙著做粄的舅婆和阿婆，嘴巴也沒閒著，兩人互相抱怨家裡的事，也互相鼓舞安慰彼此。蒸騰的煙霧彷彿也蒸散了鬱積的情緒。

不過，舅婆家也有我不喜歡的地方，三合院的禾埕上到處是雞屎，不時可以看見一隻大公雞走過，嘴裡發出「咯咯咯咯」的聲音。阿婆不以為意，照樣大步往前走。我深怕踩到雞屎，一步一跳，跳進房子裡。雖然，我不曾「坐到雄雞膏」，但一個不小心，沒算準距離，一腳踩在雞屎上，卻是常有的事。

等自己當了媽媽，我也會把孩子放在腳上，抬起腳唱著〈打粄歌〉。因為節奏明快，孩子很快學會。念唱時，我常想起兒時在舅婆家做粄的情景。三合院的廚房裡，瀰漫汗水和柴燒的氣味，還有蒸籠裡不斷冒出的米香。

26 挨粄：將米和水磨成米漿。

食酒歌

阿公房間木櫃的最上層，擺著幾瓶親友贈的好酒。有做成戰車形狀的高粱，也有透明玻璃瓶裝成的琥珀色威士忌，還有白瓷繪著竹葉圖案的竹葉青。滴酒不沾的阿公，把酒當裝飾品，時間久了，酒瓶漸漸被蜘蛛絲和灰塵纏繞。

阿公不喝酒，卻愛唱〈食酒歌〉：「食酒[27]要食竹葉青，採花要採牡丹心；好酒食來慢慢醉，好花越採越入心。」客家歌經常是情歌，這首〈食酒歌〉也不例外，談飲酒、採花，實是借物比喻追求心儀女子，沉醉入心的心情。阿公性格剛硬，處事一板一眼，在家不苟言笑。只有睡前，稍微放鬆的他，躺在竹蓆上翹腳，揮扇唱山歌，談談往昔舊事。

有一回，他提起青春時的戀情。

「偓佇紡織廠該時，有認識一个細妹，人生到盡靚[28]，講話盡溫柔。」阿公的臉泛起微微笑意。細妹是阿公的紡織廠同事，彼此沒說過什麼話，只隔著巨大紡織機互望。僅僅幾眼，阿公把她放心上，期盼共譜一段好姻緣。「被人破壞啦！」說到結局，阿公忍不住嘆氣。他不夠主動，細妹被另一個同事追走。許多年過去，少年阿哥已白髮蒼蒼，阿公提起往事，仍然惋惜不已。阿公的初戀故事沒有跌宕起伏的情節，卻令還小的我震撼不已。原來，阿公不只是阿公，也是一個有情有愛的男人。

只是，阿公說話時的溫柔表情，不是對阿婆，而是一個我未曾謀面的女人，這一點讓我頗在意。我把阿公的初戀故事說給阿婆聽，阿婆低頭做著手裡的工作，淡淡的說：「偓知該細妹啊！講話盡內，後來嫁分姓陳的。」阿婆不但不生氣，反倒稱讚那細妹講話細聲、溫順。對我這種愛吃醋的天蠍座來說，阿婆的反應實在難以理解。

某年母親節，姑姑買蛋糕回娘家一同慶祝。大叔叔拿出冷凍庫裡的高粱助興，平常不喝酒的阿公，因為家人齊聚，也喝了一小杯。酒意微醺，大家鼓譟，要阿公抱阿婆。阿公有點不好意思，阿婆倒是大大方方坐到阿公的大腿上。阿公沒有拒絕，笑得

27 食酒：飲酒。
28 人生到盡靚：人長得很漂亮。

露出一排潔白的牙齒。「親一下！」我們不放過這難得的機會。只見阿公的嘴唇輕輕在阿婆的臉龐點了一下。小姑姑拿起手裡的相機不停拍，留下阿公阿婆最親密的合照。

多年後，阿公離世。某次回家和阿婆聊到阿公，阿婆說著說著，嘆口氣道：「人生恁短，結婚七十年，想起來盡久，其實一下就過了。」阿婆依舊睡在和阿公曾共枕的雙人床上，床邊的窗台上放著幾張阿公的獨照。我問阿婆會不會唱食酒歌？阿婆輕輕哼起那首歌，歌聲中蘊藏的情意，不是少女懷春的浪漫，而是曾共同經歷生活磨難、相陪一生的思念。

尢咕仔

臉書跳出黃瑋傑和我在新竹關西東安古橋一同演出的系列照片。發文的人是爸爸，他用自拍神器拍下當天的畫面，有的以舞台上的瑋傑、山寮樂隊、阿婆和我為背景，有的則是我們一家的合影。無論跟誰合照，爸爸的臉大多占據照片左半，笑得很開心，好像他才是那天的主角。

我上網搜尋〈尢咕仔〉，跟隨歌聲回到那年春天。

性格害羞如我，每回受邀演講總猶豫再三，最後多委婉推辭。但瑋傑的邀請卻引起我的興趣。新竹出生長大的我，從未去過東安古橋。一來這地名恰好與孩子乳名「安古」相似。二來則是我上網搜尋「黃瑋傑」，立刻出現他獲二〇一二年台灣原創流行音樂大獎客語組首獎〈尢咕仔〉的MV。「目盯盯，尢咕仔，看著這世界；目眨眨，尢咕仔，毋驚毋驚乖乖睡……」（眼睜開，小嬰孩，看著這世界；眼閉上，小嬰孩，不怕不怕乖乖睡……）曲調悠緩如搖籃曲，準備入睡的安古聽見自己的名字，有點害羞拿小被被遮臉，表情陶醉。「安古」是客家人逗弄孩子的聲音，「尢咕仔」便成為小嬰孩的代名詞。種種巧合讓我對這次文學與音樂交流的演出產生興趣，也想嘗試看看。

瑋傑和我透過電子郵件討論，為了讓表演更豐富，決定邀阿婆唱山歌。阿婆稱記性變差，怕記不得歌詞，但又叨念想去關西走走，半推半就答應請求。剛做完化療的爸爸得知阿婆要去，乾脆在Line家庭群組要全家一塊去。演出當天，阿婆、爸爸和兩個妹妹一家，總共十來人、三輛車，浩浩蕩蕩往關西出發。

阿婆、安古和我坐爸爸的車，新竹是爸爸的地盤，他像孩子般興奮說著往關西山路上，有一家賣菜頭粄、艾粄的客家攤，味道做得很好。爸爸不停往山裡開，路邊出現茶園，大霧朦朧，飄下細雨。眼看離演出時間越來越近，我們還得提前半小時彩排，爸爸卻仍在山路上尋覓那家做粄的店。「爸爸，時間快到了！」後座的我焦慮催促。「趕得上啦！」只見爸爸仍是一派悠閒，一點也不擔心。

從小到大都是這樣，和孩子氣的爸爸相較，我更像個老氣橫秋的小大人。明明隔天段考，爸爸硬要帶我出門玩，不屑的說：「那種考試又不重要。」準備高中聯考的暑假，在學校上輔導課、中午離校吃飯的我，被爸爸半路攔截，一路載往司馬庫斯。

「我的書包怎麼辦？」我問。爸爸一副理所當然要我同學幫我拿回家。

不停催促爸爸的我想起往事，實在有點後悔搭上爸爸的車。真是個不靠譜的老爸啊！我在心底抱怨。還好，妹妹的連環叩打斷爸爸的執念。她在手機中大聲說：「我們都到了，你們在哪裡？」沒買到艾粄的爸爸，像沒買到玩具的孩子一臉失落，無可奈何往山下開去。

當天，我選了幾個文章段落，以朗讀搭配瑋傑和山寮樂隊的演奏。讀完換阿婆登場，一度喊「毋記得仰般唱」的阿婆，發揮山歌即興特色，用客家曲調訴說自己的身世，從少女時代採茶往事，唱到今日來關西，最後唱得欲罷不能。現場觀眾熱烈鼓掌，阿婆害羞又歡喜。瑋傑問：「有沒有想點播的歌？」我看著坐前排的安古，問：「可以唱〈尢咕仔〉嗎？」

「尢咕仔，膽膽大，想要跟你講，這世界無恁壞；尢咕仔，膽膽大，想要跟你講，這世界等你遽遽大。」（小嬰孩，不要怕，想要跟你說，這世界沒那麼糟；小嬰孩，不要怕，想要跟你說，這世界等你快快長大。）現場演唱情緒更加飽滿動人，東安古橋水流淺淺，台下孩子們隨節奏搖晃。爸爸也沒閒著，拿著自拍神器不停拍照。爸爸也太愛拍照了吧！而且每張都以自己為主角。我望著爸爸的背影嘟噥著。

此刻看著臉書照片的我，突然想知道爸爸當時以什麼心情拍照？他一定也想看孫子孫女們長大吧。他知道自己時日無多了嗎？所以才想藉由照片，將瞬間凝結成永恆。然後，每年此時用臉書提醒我：「還記得這天嗎？是爸爸載妳來這裡的喔。」「尢咕仔，膽膽大……」在瑋傑的歌聲裡，我彷彿聽見爸爸喊：「安古，看阿公！」咔嚓，四歲的安古和五十九歲的爸爸，永遠停格在那瞬間。

附記：〈尢咕仔〉以孩子與大人間的問答，帶出黃瑋傑一貫關注的環境議題。對我來說，這首歌乘載當天許多回憶，以文為記。

We Wish You a Merry Christmas

電視新聞裡，白雪皚皚的芬蘭小鎮，一個穿全身紅、留白鬍鬚的聖誕老公公，駕雪橇現身。「那是真的聖誕老公公嗎？」安古問。我一時語塞，不知該如何解釋？我知道他是人裝扮的，但把實話說出來，會不會打破他的美夢？「好希望聖誕老公公會送我禮物！」他望著電視機說。「你想要什麼禮物？」我問。「很多啊！樂高、機器人……」他伸出小手數算願望清單。「太多了吧！只能選一個。」本來想趁機當聖誕老公公的我，立刻回到媽媽的身分。

聖誕節快到了，店家們紛紛掛上裝飾，賣場陳列由大至小的塑膠聖誕樹，店家反覆播放聖誕歌曲。幼稚園發下一張邀請函，邀請家長們到學校參加聖誕活動，並安排一個橋段由家長送孩子聖誕禮物。

孩子的我也曾如此期待這個節日。鄰近教堂掛上聖誕裝飾，隔壁文具店陳列一排排聖誕卡片，城裡百貨公司藉此打折扣，吸引消費者的注意。難怪阿婆總是說聖誕節是商人變出的把戲：「頭擺哪有麼个聖誕節，還毋係要人花錢！」即使如此，我還是好想過聖誕節。

有一年，我瞞著大人們，在頂樓布置聖誕節。聖誕樹是從前家裡還開牛排館時買的，我拿抹布把上面的灰塵擦乾淨，掛滿自製裝飾品：妹妹和我的乾淨襪子、蝴蝶結髮飾和糖果包裝紙。窗戶上黏滿一團團棉花，讓從未下雪的小鎮也有溫暖的雪景。我還畫了幾張邀請卡，分別送給阿公阿婆和叔叔。一切準備就緒，我像小老師一句句教妹妹們唱 We Wish You a Merry Christmas。沒學過英文的我，根本不曉得正確念法，只是盡可能捕捉相似的發音。

聖誕夜那晚，吃過晚餐後，我把藤椅排列在聖誕樹周遭。請阿公阿婆上樓，坐在我們安排好的位置。說聖誕節沒什麼好過的阿婆，一見我們的「精心布置」，馬上笑出聲來。我數一、二、三，和妹妹們齊聲唱「We wish you a merry Christmas and a happy New Year...」阿公阿婆聽不懂英文，搞不清楚我們唱的是什麼。阿婆隨節奏搖動身體打拍子，偶而跟著旋律哼，阿公則是一手拍大腿，笑得有點靦腆。

有人說，聖誕節是外國人的過年。這天，大家都要聚在一起。我們年年期待聖誕老公公會駕著雪橇，用我們意想不到的方式送來聖誕禮物。然而，放在床頭的襪子從沒收過任何東西。就算願望總是落空，我還是期待這個日子。

我的第一個聖誕禮物是爸爸買的。那年，肯德基在聖誕節推出聖誕小屋存錢筒，陶瓷小屋有紅屋頂和煙囪，屋簷和窗框上還積一層白雪，模樣討喜可愛。我和妹妹望著櫃台上的聖誕小屋，發出讚歎聲：「好想要喔！」爸爸阿莎力一口氣買下三個。我們齊聲歡呼，懷抱聖誕小屋開心返家。那晚，我們特別愛爸爸，他不只是爸爸，還是我們專屬的聖誕老公公。

成長過程裡，很少陪伴我們的爸爸，這幾年，倒是稱職扮演外孫們的聖誕老公公。哆啦A夢收銀機、遙控飛機和中國製塑膠積木，安古邊玩邊告訴我：「這是姊公家樓下的文具店買的。」「那是在便利商店買的。」他一一指認玩具的來歷，叫我想起爸爸送的聖誕小屋。其實，我們把聖誕小屋抱回家後，沒多久就玩膩了，把它們放上櫃子。至今它們依舊在那裡，身上覆蓋日積月累的塵埃。看見它們，就會想起那年，難得陪我們過節的爸爸。

一年又一年，我過了好多聖誕節。從期待禮物的孩子，變成給予禮物的大人。那些曾經喜愛的東西未必還在，曾經相聚的人或許會離開，但總有什麼會留下來。為了那一點點什麼，我依舊期待這個節日。

恐龍之歌

學琴一年的安古，仍用初學者的 **YAMAHA** 電子琴。老師說，還是要買鋼琴比較好，可以練習觸鍵。但鋼琴昂貴，我沒把握安古可以堅持到何時？畢竟學琴不容易，需要花許多時間練習，一再克服眼前的關卡。那麼最初，為什麼我會希望他學琴呢？

說來還真令人害羞，只因我相信安古有音樂天分。生日恰好和周杰倫同一天的安古，從小就愛哼哼唱唱。兩歲半時曾隨口編一首歌，他含著奶嘴唱：「恐龍，恐龍，**Dinosaur**；恐龍，恐龍，**Dinosaur**；恐龍名字叫恐龍。喬治，恐龍；恐龍，喬治。」「再唱一次好嗎？」我邊問邊打開手機錄音。他再唱一次，並解釋：「我在唱喬治恐龍啦！就是佩佩豬裡的喬治啊。」安古當時最愛的卡通就是 *Peppa Pig*，佩佩豬的弟弟喬治手裡老是抱著一隻綠色恐龍。這首自創曲旋律反覆，歌詞簡單，十分好記，我很快就學會了。

三歲半上幼稚園，安古的恐龍之歌又推出新的系列，他從圖鑑裡得知恐龍有許多不同種類，連續唱了幾首恐龍組曲。第一首是〈三角龍〉：「三角龍很愛撞頭，三角龍三角龍很愛撞頭……」三角龍的頭上有三支角，是防禦肉食動物攻擊的最佳武器，搭配圓鼓鼓的身體，十分可愛，是安古最早認識的恐龍之一。剛唱完〈三角龍〉，欲罷不能接唱第二首：「翼手龍在天上飛，翼手龍在天上飛呦……」尾音的「呦」飄得特別高，像一隻翼手龍在天空滑翔，直衝天際，又迅速俯衝而下。

正當我因為他誇張轉音笑得前俯後仰，小傢伙竟不慌不忙唱出第三首〈霸王龍〉：「霸王龍，霸王龍很愛打人，很愛吃恐龍，**Dinosaur**，**Dinosaur**，吼……」「吼」是模仿霸王龍張嘴嚇人的聲音。他以簡單歌詞捕捉每種恐龍的特性，再將字音延伸為旋律。我在曲子裡彷彿看見恐龍的各種模樣，也感受到某種規律隱藏在旋律裡，不過很可惜，我抓不到那些音符，只好用手機錄下。如果，可以把音符記下來多好啊！如果，可以在心情好或壞時，有樂器可以抒發情感一定很棒！

最近剛讀完恩田陸以鋼琴大賽為主題的小說《蜜蜂與遠雷》，故事最後並不是以頒獎畫面為結尾，而是鋼琴大賽結束後，少年風間塵來到大海邊，聽見這世界的聲音，傾注的光、緩緩蠢動的雲。「你聽。少年閉上眼。只要側耳傾聽，就能感受到世界充滿音樂。」是的，彈琴不是為了比賽、為了獎盃，而是聽見這世界，在音樂中尋求生命的歡愉。安古第一聲啼哭，第一次喊「媽媽」，創作的第一首歌。它們是我生命中的重要樂章。

睡前，我把他創作的恐龍系列唱給他聽，他驚訝的望著我。

「媽媽今天把你小時候唱的歌再聽一遍喔。」

「在哪裡？我怎麼沒聽到？」

「存在媽媽的電腦裡啊！以後等你琴學得更好，就可以把音符記下來。」

他沉默幾秒說：「好，可是我只要學到八歲喔。」

「好啦！」我摸著他的頭，笑著答應。

桃太郎さんの歌

阿婆來了。我牽她的手走進我住的大樓，她看著大樓中庭，念道：「好像 Mandy 那裡。」Mandy 是我的表妹，剛從南部搬到北部的新居。我去過一次，那棟樓和我住的這棟樓，除了都有中庭，沒有其他相似之處。

「蓋北美大樓的叫巴老八，這可能都是他蓋的，才會那麼像。」阿婆解釋。北美大樓是湖口的第一棟樓，也是當年湖口最高的樓。曾是戲院，約二十年前，戲院收了，樓上轉租商辦，樓下租給服飾賣場。北美大樓起建時，阿婆為貼補家用，當保姆的她背著別人的孩子，在工地外用大鐵鍋為工人炒菜煮飯做點心。

搭上電梯，阿婆用渾沌的眼神看著我，問：「我來多久了？要回家了嗎？」「妳才剛來啊。」我安撫她，拿出鑰匙開門。她脫鞋走進屋裡，望著四周喃喃說：「我有來過。」接著走到靠陽台的電子琴旁，坐上藤椅，用胖短手指彈奏幾個音。學琴半年

的安古見阿太彈他的電子琴，立刻跑上前彈一小段貝多芬的〈快樂頌〉，彷彿在說這樣彈才對喔。阿婆笑了笑，她不識Do Re Mi，卻沉浸在某種情緒中，邊彈邊唱：「桃太郎さん　桃太郎さん　お腰につけた　黍団子　一つ　わたしに　くださいな……」（桃太郎啊，桃太郎啊，給我一個繫在你腰上的飯糰吧！）我拿手機錄下彈鋼琴的阿婆。彈唱幾句後，她轉頭問我：「好聽嗎？」「好聽。」我回。

〈桃太郎さんの歌〉是我學會的第一首日文歌，最早是從太公[29]那裡聽來的。年近七十的太公理平頭，髮絲全白，瘦削長臉常掛笑容，露出又大又黃的牙齒。太公很疼我，從不罵我，常偷塞零用錢給我。當時讀幼稚園的我，一下課就跑上二樓找太公。太公如果沒出門釣魚，會在二樓整理釣具或炒誘餌。他常邊工作邊唱日文歌，桃太郎さん就是常掛在嘴邊的一首。

很喜歡這首歌的我，對桃太郎的故事也十分著迷。

那時，阿公阿婆固定每年帶我搭火車，從湖口到高雄鳳山找小姨婆。小姨婆一家

29　太公：「曾祖父」之意。

四口住在租來的房子，倚靠賣紅豆餅維生。節省的她鮮少遠行，把錢存下，希望有天能買一棟自己的房子。某次去，小姨婆怕我無聊，特地準備一卷錄影帶給我看，是林小樓主演的《新桃太郎》。

一看是桃太郎，我迫不及待坐在電視機前等待。老爺爺和老奶奶撿起河邊飄來的大桃子，剖開後發現裡面居然有個孩子，悉心照顧孩子長大，為他取名桃太郎。被阿公阿婆帶大的我，對電視上的老爺爺老奶奶，多一份親切。看見惡魔假扮老爺爺欺騙桃太郎時，我忍不住掉淚。熟悉情節外，電影版還添加許多稀奇古怪的角色：男扮女裝的鬼婆婆、搞笑CP蘋果公主和西瓜太郎。大概是屬狗的關係，我最喜歡陳子強扮演的略帶傻氣卻忠心耿耿的狗童。那趟高雄行，去過哪裡我全忘了，只記得《新桃太郎》裡鮮活的人物。

過幾年，小姨婆好不容易攢夠積蓄、買下新居，姨丈公卻因病過世。失去老伴，小姨婆變得更不愛出門。

我問阿婆，還記得以前去高雄找小姨婆的事嗎？阿婆嘆口氣說：「當然記得，這下小姨婆記性不好，舊年住到台南的安養院囉。」我牽阿婆的手下樓，散步去附近餐

聽吃飯。我們手牽著手，像兒時一樣。不同的是，從前的我如此矮小，現在已高過阿婆半個頭。我輕輕哼：「行きましょう　行きましょう　あなたについて　どこまでも……」（走吧，走吧，讓我們跟著你吧，到哪裡都讓我們跟著你吧！）在這條小路上，我是狗童，阿婆是桃太郎，我多希望，就這樣跟隨她一路走下去。

後記

一首歌的時間

小時候，我曾和弟弟妹妹一起錄了一張專輯。用的是收音機和錄音帶，我忘記當時究竟說了些什麼，但約略記得我們有的說故事，有的唱歌。只是很可惜，那卷錄音帶最終不知道流落何處。

《憶曲心聲》是我在人間福報的專欄集結。最早的一篇是二〇一九年八月五日刊載的〈雞公相打胸對胸〉，最後一篇是二〇二一年十二月六日的〈癮頭〉，兩年多來，累積了五十篇文章。每篇文章都是一首歌的名字。而在那一首歌的時間裡，我跟隨旋律，回到記憶中的某一個片段。就像當年對著收音機說話的我，將對於歌曲的記憶都錄在這本書中。

這個專欄，陪伴我度過許多人生重要的轉折。我離開穩定的工作，決定專職寫作，兩週一篇的專欄，就像一顆定心丸，陪伴寫作長篇小說的我，克服期間遇到的瓶頸與不安。就在專欄開始前不久，爸爸離開人世。我常想起他，也總是夢見他。我把我們父女之間那些深刻的記憶，以歌曲為名記錄下來。

人生不是只有失去。專欄走到一半時，我迎來新生命。成為哥哥的安古，在弟弟啼哭不止時，哼著詞句不全的〈搖嬰仔歌〉哄弟弟。那是我曾用來哄安古睡覺的神曲。安古並不懂這首歌的意思，但卻能在關鍵的時候以旋律哼出它來。我在那一刻，深深感受到音樂的力量。疫情肆虐、不得出門的日子，安古的琴聲讓我們在看似滯留不前的時間裡，緩步向前。

這本書得以出版，必須要感謝很多人。謝謝《人間福報．副刊》的編輯們，特別是覺涵，不吝提供讀後的想法，予我許多回饋與鼓勵，讓這個專欄得以走得長久。謝謝國藝會的補助，讓我能更專注於書寫這件事。

謝謝九歌出版社的總編素芳姊，總是給予我許多支持與鼓勵。謝謝編輯晶惠、企劃沛澤，是他們讓這本書得以成為如今的樣貌。也要謝謝我的大學同學惠玟，細心校對日文歌詞。謝謝史提用心的閱讀與校對。謝謝我的家人與孩子。謝謝為這本書撰寫推薦語的老師與文友，以及諸多優秀的音樂人。謝謝你們的閱讀與聆聽。

最後，我也要感謝閱讀這本書的你。

這本書，獻給我的爸爸張麟謙。

九　歌　文　庫　　1　3　8　4

憶曲心聲

國家圖書館出版品預行編目（CIP）資料

憶曲心聲／張郅忻著 . -- 初版 . --
臺北市 : 九歌出版社有限公司 , 2022.07
面； 公分 . -- (九歌文庫 ; 1384)
ISBN 978-986-450-456-5（平裝）
863.55　　111007895

作　　者——張郅忻
責任編輯——張晶惠
創 辦 人——蔡文甫
發 行 人——蔡澤玉
出　　版——九歌出版社有限公司
臺北市 105 八德路 3 段 12 巷 57 弄 40 號
電話／02-25776564・傳真／02-25789205
郵政劃撥／0112295-1

九歌文學網　www.chiuko.com.tw

印　　刷——晨捷印製股份有限公司
法律顧問——龍躍天律師 ・ 蕭雄淋律師 ・ 董安丹律師
初　　版——2022 年 7 月
定　　價——300 元
書　　號——F1384
I S B N——978-986-450-456-5 （平裝）
9789864504558（PDF）

本書榮獲 NCAF 財團法人國家文化藝術基金會 National Culture and Arts Foundation 創作補助